AF475547

DÉPÔT LÉGAL

REVUE

MODERNE

DEUXIEME ANNÉE. — TOME SECOND

N° 7. — 10 Janvier 1858.

SOMMAIRE

PARIS
AUX BUREAUX DE LA REVUE MODERNE
46, RUE JACOB
—
1858

Z 22215

La **Revue Moderne** publiera dans son deuxième volume :

UNE COLONIE CHINOISE. — La Djungarie.	ÉM. DE ASARTA.
EXCURSIONS DANS LE SUD-OUEST DE L'AMÉRIQUE SEPTENTRIONALE.	ALLYRE BUREAU.
IDÉE FONDAMENTALE D'UNE NOUVELLE CONCEPTION DE LA VIE UNIVERSELLE.	ED. DE POMPÉRY.
LE PAMPHLET ET LES PAMPHLÉTAIRES. — PASCAL. — P.-L. COURIER. — CLAUDE TILLIER.	CASTAGNARY.
DE LA COLONISATION DANS LES RÉGIONS TROPICALES.	VAN BELG.
ÉPISODES DE L'HISTOIRE DU TIERS ÉTAT.	A. RIVIÈRE.
ÉTUDES SUR LE BRÉSIL.	AD. HUBERT.
ALÉA, roman philosophique.	Mme FANNY MEAGHE
L'ART MUSICAL DEPUIS LE XVIe SIÈCLE (suite).	CYPRIEN SPIÈS.
LES ÉCRITS DE M. J. MICHELET.	J. B. DONIS.
LES MERS DU SUD, de **L'INDE** et de **LA CHINE.**	J. DE MIRANDOL.
DE LA GRANDE CULTURE.	ÉMILE LEFÈVRE.
APTITUDES DES RACES HUMAINES.	ANTONY MERAY.
SIMPLES NOTES.	Mme H. LOREAU.
ÉTUDES PHILOSOPHIQUES SUR LE COSMOS DE HUMBOLDT.	ALPH. LEBLAIS.
DIX ANS DANS LES COLONIES.	G. DE PICCIOTTO.
DE L'IDÉE D'ORDRE.	CHARLES SAUVESTRE
SOUVENIRS D'UN CHEF DE BUREAU ARABE.	F. HUGONNET.
REVUE DES SCIENCES.	FÉLIX FOUCOU.

La **REVUE MODERNE** compte, en outre, parmi ses collaborateurs

MM. A. TOUSSENEL, Dr YVAN, WLADIMIR GAGNEUR,
CAMILLE DE CHANCEL, EUG. BONNEMÈRE, Dr BARRIER, F. SABATIER-UNGHER,
J. SILBERMAN JEUNE, Dr A.-M. LEGRAND, G. STAAL, ETC.

815

REVUE MODERNE

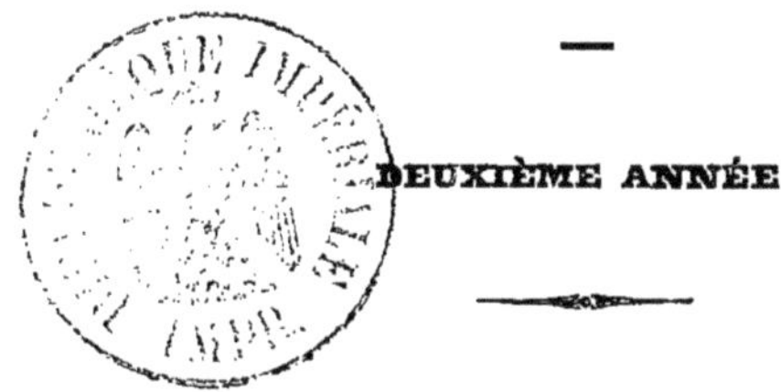

DEUXIÈME ANNÉE

Le titre sous lequel cette Revue s'est présentée au public, indique suffisamment à quel ordre d'idées elle appartient.

Aujourd'hui, en effet, les esprits peuvent plus que jamais se classer en deux grands partis : — Ceux qui regrettent et ceux qui espèrent. D'un côté, les retours pleins de tristesse vers le passé; de l'autre, les aspirations modernes.

Parce que le progrès n'a pas suivi la ligne qu'ils lui avaient tracée, certains hommes se croient lésés. Ils ne comprennent plus rien à la marche de l'humanité, et ils en concluent que c'est elle qui s'égare; de leurs mécomptes ils font ceux du genre humain.

Hier encore, Job niait le progrès!...

Et cependant un grand mouvement s'accomplit dans le monde : les peuples se rapprochent, se relient les uns aux autres; et l'on peut déjà prévoir le jour où l'Europe sera définitivement pacifiée par la solidarité des intérêts, par l'échange continuel des idées. Comme un enfant dont les sens s'éveillent, l'humanité prend peu à peu conscience d'elle-même; elle se voit, elle se sait chaque jour davantage. La sensation commence, la volonté collective va naître. Un vaste système de fibres métalliques rayonne de chaque centre sur l'Europe entière, et, comme dans l'appareil nerveux humain, l'électricité y circule portant en un instant, à des distances jadis infranchissables, la connaissance des besoins et celle des ressources qui y correspondent. En même temps, les canaux et les chemins de fer s'étudient à copier de mieux en mieux le double système vasculaire de l'homme.

(C.)

Z 22215

Notre époque est donc éminemment organique. La science y donne la main à l'industrie pour réaliser des merveilles, et la tendance générale de ces efforts est d'affranchir l'homme de tout labeur durement mécanique; c'est-à-dire, la plus haute conception morale des temps modernes, le complément de l'évolution commencée il y a dix-huit siècles, sous l'influence du Christianisme, par la transformation de l'esclavage et l'anoblissement du travail.

Et si l'on peut regretter que les lettres et les arts y brillent d'un éclat amoindri, c'est qu'apparemment il n'est pas donné à l'homme de développer à la fois toutes ses virtualités. L'enfance n'a-t-elle pas ses années critiques où l'intelligence semble endormie, pendant que les membres acquièrent des forces et des aptitudes nouvelles? A ces moments l'âme est comme repliée sur elle-même: elle aussi rassemble ses forces pour entrer dans une phase supérieure. Cette analogie paraît s'appliquer parfaitement à l'époque actuelle. Tandis que l'ordre matériel opère sa tranformation, un ordre moral nouveau s'élabore. C'est un spectacle curieux et instructif pour quiconque sait voir et comprendre. Il en résulte pour tout homme de bon désir, le devoir de ne pas demeurer, au moins d'intention, étranger à ce mouvement.

Le programme de la *Revue Moderne* découle des considérations qui précèdent.

Les travaux qui composent le premier volume, dont elle vient d'achever la publication, peuvent se classer ainsi :

PHILOSOPHIE SOCIALE ET RELIGIEUSE. — *Les Unitaires; Channing.* — *De l'Inde et des croyances incommutables.* — *Auguste Comte et le Positivisme.* — *Aptitudes des races humaines.*

CRITIQUE. — *La tradition littéraire et le roman moderne.* — *Philosophie de la littérature.* — *Shakespeare au Cirque-Olympique.*

ROMANS, ÉTUDES DE MŒURS. — *Violette*, roman philosophique. — *Simples notes.*

Bibliographie. — *L'Oiseau, l'Insecte* de M. J. Michelet. — *Madame Bovary*. — *La Religion au XIXe siècle*, etc.

Beaux-Arts. — *Salon de 1857*. — *L'Ermitage à Saint-Pétersbourg*. — *L'art musical depuis le XVIe siècle.*

Voyages. — *La Sibérie orientale et son commerce.* — *Irkoustk et le lac Baïkal.*

Agriculture. — *Question du drainage ; la grande culture.*

Sciences, Découvertes.—*Revue scientifique de chaque mois.*— *De la fixation de l'azote par les plantes.*—*Les Palais de familles.*

Le deuxième volume, qui commence au 10 janvier 1858, contiendra, entre autres travaux :

Une colonie chinoise ; la Djundarie, par M. Em. de Asarta. — *Excursions dans le sud-ouest de l'Amérique septentrionale*, par M. Allyre Bureau. —*Idée fondamentale d'une nouvelle conception de la vie universelle*, par M. Ed. de Pompery. — *Le pamphlet et les pamphlétaires : Pascal, P.-L. Courier, Claude Tillier*, par M. Castagnary, — *De la colonisation dans les régions tropicales*, par M. Van Belg. — *Episodes de l'histoire du Tiers-état*, par M. A. Rivière. — *Etudes sur le Brésil*, par M. Ad. Hubert. — *Aléa*, roman philosophique, par Mme Fanny Meaghers. — *Les écrits de M. J. Michelet*, par M. J.-B. Donis. — *Les mers du Sud, de l'Inde et de la Chine*, par M. Judicis de Mirandol.— *De la grande culture*, par M. Émile Lefèvre.— *Aptitudes des races humaines*, par M. Antony Méray. — *De l'art musical depuis le XVIe siècle* (suite), par M. Cyprien Spies. — *Simples notes*, par Mme Henriette Loreau. —*Etudes philosophiques sur le* Cosmos *de Humboldt*, par M. Alph. Leblais. — *Sept ans dans les colonies*, par M. G. de Picciotto. — *De l'idée d'Ordre*, par M. Charles Sauvestre. —*Etudes sur l'Algérie*, par M. F. Hugonnet.— *Revue des sciences*, par M. Félix Foucou.—*Bibliographie, Chronique*, etc.

La Revue se propose de faire successivement une analyse des grandes doctrines philosophiques et sociales dont la France a illuminé le monde pendant la première moitié de ce siècle; période glorieuse, qui marquera dans l'histoire comme le point de départ d'une ère nouvelle : celle de la reconstitution de la société moderne. Elle s'appliquera à démontrer que ces doctrines, bien que nées de points de vue divers, convergent toutes plus ou moins directement vers un même but :—le Libre essor des facultés humaines, dans l'Ordre consenti.

Enfin la Revue veut donner une large place aux *Voyages*, aux relations des pays lointains. Les nombreux amis qu'elle compte au delà de l'Atlantique lui assurent des documents variés et pleins d'actualité. Aujourd'hui les nations, filles de l'Europe, s'éveillent à la lumière; nous-mêmes, nous ressentons le besoin nouveau de connaître leurs mœurs et l'état de leurs croyances. C'est qu'on commence à comprendre qu'il n'y a plus d'*étrangers;* que tous les peuples sont solidaires dans le progrès, et qu'on veut savoir quelle part d'idées ou de faits chacun pourra apporter au commun faisceau.

La Revue Moderne, publication non politique, paraît provisoirement une fois par mois, par livraison de 6 feuilles (près de 100 pages). Un volume est déjà paru. Le prix d'abonnement est fixé ainsi qu'il suit :

Pour Paris :	1 an. . .	20 fr.	Départements :	1 an. . .	22 fr.
—	6 mois. .	11 fr.	—	6 mois. .	12 fr.
—	3 mois. .	6 fr.	—	3 mois. .	7 fr.

Bureaux d'Administration et de Rédaction, rue Jacob, 46, à Paris.

Directeur : M. Charles SAUVESTRE.

Paris. — Imprimerie Walder, rue Bonaparte, 44.

REVUE MODERNE

PARIS. — IMP. WALDER, RUE BONAPARTE, 44.

REVUE

MODERNE

IIme ANNÉE — TOME II

PARIS

BUREAUX DE LA *REVUE MODERNE*

46, RUE JACOB

1858

ALÉA

A MADAME STÉPHANIE GEOFFROY SAINT-HILAIRE.

Madame,

Il est une noblesse qui oblige bien autrement que celle du blason : c'est celle du génie. Lorsque votre illustre père fondait sa gloire sur les deux seuls biens qui soient impérissables, la Science et la Bonté, il inscrivait en tête de ses œuvres cette parole simple et belle : *Utilitati*. Pensée si grande en elle-même, qu'elle suffit à féconder le siècle qui l'a portée.

Depuis lors, transmise et recueillie comme le plus pieux des héritages, cette devise est devenue entre les mains de la famille du grand homme, le plus riche des patrimoines. Jamais, dans l'histoire des aristocraties, il ne fut donné à une tradition de porter, en un temps si court, des fruits si nombreux.

Pour vous, madame, prenant votre part de ce lot précieux, vous vous êtes mise à l'œuvre, et, si le sort qui nous est fait, à nous autres femmes, a restreint forcément votre action dans le champ de la vie privée, cette action, loin d'en être amoindrie, a su produire en dévouement ce qui lui était refusé en renommée. Une telle récompense n'a vien à envier aux joies et aux lauriers que les plus nobles travaux de l'esprit ont valus depuis longtemps, à votre digne frère.

Or, cette influence du cœur, que vous exercez autour de vous, j'ai été assez heureuse pour la ressentir moi-même, à cette époque terrible de la vie où l'âme sonde, pour la première fois, l'abîme qui sépare ses aspirations de la réalité; ce qui est, de ce qui devrait être ; le présent, de l'avenir.

Je vous dus alors comme une révélation : car j'avais ignoré, jusques-là, que l'Esprit du bien jeta, de toute éternité, sur cet abîme, un pont libérateur, le travail. Sur la foi de vos promesses, je m'y engageai aussitôt; là, pour la première fois, je trouvai l'apaisement de ces révoltes, qui ne sont peut-être si décevantes que parce qu'elles sont trop légitimes.

Aujourd'hui que la douleur est vaincue, pardonnez-moi, madame, en vous offrant l'hommage de ce petit volume, de vous rappeler ces choses, déjà bien loin de votre mémoire sans doute.

La part de réalité qui se trouve dans mon récit est considérable; et si vous y découvriez finalement quelque intention allégorique, ce ne serait point mon esprit inventif qu'il faudrait mettre en cause.

Il n'est personne, en effet, quelles que soient d'ailleurs ses facultés propres, pour peu qu'il se trouve engagé dans la mêlée de la vie, qui ne représente un besoin collectif et n'incarne en lui quelqu'une des idées générales de son époque. Aussi peut-il arriver qu'un auteur, sans avoir une conscience bien nette du sens supérieur de son œuvre, mette en scène de véritables allégories, sous le manteau des personnages les plus humbles.

Quant au dénouement de cette histoire, il vous paraîtra, sans doute, bien peu en harmonie avec les traditions du roman philosophique, car il n'offre aucun des caractères d'héroïsme qu'on rencontre chez Werther, René, Manfred, Obermann ou Lélia, ces types immortels des douleurs stériles.

Serait-ce uniquement parce que de tels modèles sont à jamais inimitables?

Je crois qu'il y a plus, et que la justification de ce dénouement peut, sans crainte, être demandée à la nature même de la phase dans laquelle la société moderne est entrée depuis peu.

La cause des souffrances de l'âme est aujourd'hui, il est vrai, ce qu'elle a toujours été : le résultat d'un perpétuel antagonisme entre le *désir* et le *fait*. En définitive, nous sommes tous, plus ou moins, à la recherche de l'absolu. Cette contradiction organique, profonde, impitoyable, est la raison d'être même de notre existence : l'esprit et la matière, aussi indivisibles en nous que dans le vaste uuivers, ne seraient pas sans elle, et ce n'est point ailleurs qu'il faut chercher l'origine des malaises individuels, aussi bien que des désastres généraux dont ces malaises sont la source.

Mais si la cause de la douleur reste invariable à travers les siècles, les formes sous lesquelles elle se manifeste à nous deviennent, par opposition, impossibles à compter. La nature vivante peut seule nous fournir quelques analogies à cet égard, elle qui a su varier la forme à l'infini, avec un nombre de matériaux pourtant si restreint.

L'Antiquité, le Bas-Empire, le Moyen âge, les Croisades, la Renaissance et la Révolution française eurent évidemment leur génie propre, dans les tortures morales ressenties en silence par l'individu, aussi bien que dans les déchirements sociaux et politiques dont ces diverses périodes nous ont laissé le souvenir. Or il n'est besoin que d'y regarder d'un peu près, pour saisir la loi qui modifie, d'un siècle à l'autre, l'intensité de la douleur parmi les hommes. Après avoir constaté, les faits historiques à la main, que la richesse est notre destinée, — et j'entends la richesse de l'âme avec celle du corps, — il suffira de déterminer pour une époque donnée, d'un côté le sens et la force de ses aspirations; de l'autre, l'énergie de ses facultés productives. Plus ces deux éléments s'écarteront l'un de l'autre, plus l'être, — individuel ou collectif, peu importe, —

souffrira. La douleur diminuera, au contraire, à mesure que l'inévitable différence ira s'amoindrissant. Vous le saviez avant moi, madame, cette loi est inflexible et n'admet pas qu'on l'ignore : elle a brisé sans pitié, dès l'origine, les hommes et les peuples venus trop tôt pour la formuler !

Voilà pourquoi le XIXe siècle, dans sa seconde moitié surtout, sera moins rempli que les précédents de ces douleurs impuissantes dont nous ont parlé les grands poëtes en termes si magnifiques. Ses forces productives, en effet, rapprochent insensiblement la réalité, des rêves de son entendement, et le désespoir s'éloigne, emportant avec lui les héros et les demi-dieux. Voilà pourquoi les Werther, les René, les Manfred, les Obermann et les Lélia, ne nous semblent plus aujourd'hui que des anachronismes, eux qui resteront éternellement les plus beaux, les plus intrépides d'entre les égoïstes.

Aussi voyons-nous grandir sous nos yeux une génération qui possède, sans se l'avouer encore à elle-même, une force propre, celle de la résistance. Les riches organisations, qui se laissaient jadis absorber et dévorer par la douleur, réagissent violemment aujourd'hui contre elle. Dans cette lutte si souvent inégale, combien, sans doute, qui succombent obscurément ! mais combien de combattants aussi qui survivent ! Or ceux-là, n'en doutons point, apprennent à connaître la raison d'être du mal et à le vaincre dans la sphère qui les circonscrit.

Malheureusement pour la tradition au milieu de laquelle nous avons été élevés en matière d'art, de telles luttes tiennent trop à tout ce que la nature et la société ont de plus intime, pour qu'il nous soit permis de rester fidèles en même temps à la Réalité telle qu'elle pèse sur nous, et à l'Esthétique telle que la concevaient nos pères. C'est pourquoi les grands maîtres avec les belles créations de leur génie, appartiennent à une époque déjà très-éloignée de nous, bien que plusieurs d'entre eux vivent encore à cette heure.

On a dit à ce propos que la disette de grandes œuvres dans laquelle ces maîtres nous laissent depuis quelques années, était l'indice d'un affaissement des facultés, causé chez eux par l'âge et les déceptions. C'était fort mal observer. Le génie ne s'est pas retiré de ces sanctuaires où nous le vîmes briller d'un éclat si pur; mais les générations se sont succédées avec une telle rapidité, en moins d'un quart de siècle, que les types de caractères avec lesquels on fait des héros taillés dans les antiques proportions, manquent totalement aujourd'hui aux grands écrivains.

Il serait à la fois injuste et ingrat de calomnier la pensée humaine dans leur personne. Ils sont restés tels qu'ils avaient été créés, avec des accents sublimes pour l'infortune, et des hymnes de triomphe pour les vaincus. Mais tout s'est modifié autour d'eux : et la forme et le fond, et l'action et le verbe. Aucune de ces choses n'a encore changé de nom, il est vrai; mais l'intelligence du grand nombre y attache des significations que ne connaissaient pas nos aïeux, et, pour être vrai aujourd'hui, le poëte ne doit plus parler la langue des anciens jours. Il lui faut renoncer à crayonner de grandes figures dans les dimensions d'Architophel ou de Faust, et se résigner à choisir parmi des traits plus vulgaires, les sujets de ses études sur les souffrances intimes de l'âme.

Lorsque Rembrandt osa concevoir un jour de transmettre à la postérité la scène de la résurrection de Lazare, il regarda autour de lui quelle était la plus belle tête de Christ qui pût être placée dans son tableau : à cette époque déjà les plus grands génies avaient créé ce type immortel. Mais l'artiste flamand aima mieux ramasser, dans quelque bourgade ignorée du nord, un de ces modèles étranges qui n'avaient ni la beauté, ni la douceur, ni la résignation du Christ des grands maîtres; la tête qu'il choisit possédait en échange la force, l'enthousiasme et la foi dans sa propre puissance. Sortie des mains de Rembrandt, et jetée au milieu de la caverne où repose Lazare, cette tête illumina son œuvre et terrifia ceux qui en approchèrent les premiers.

Telle doit être, telle sera la poésie dans la phase que nous traversons, et j'entends la poésie dans son acception la plus large.

Nos pères n'ont connu de la douleur que ce qui tue : nous commençons à y trouver ce qui fait vivre.

Si donc la génération qui arrive ne ment pas à tout ce qu'on attend d'elle, sa véritable grandeur, aux yeux de l'avenir, consistera à avoir su jeter le courage et l'espérance, dans les moules où se tordirent si longtemps, l'impuissance et le désespoir.

Mais je m'aperçois, madame, qu'en voulant me justifier de toute intention allégorique, j'en suis venue à revêtir d'un corps quelques-unes des pensées qui vous sont le plus familières. Je vous demanderai, cependant, à ne rien en retrancher, dans l'ardent désir que j'éprouve de savoir d'autres âmes que la mienne soulagées par vous des mêmes fardeaux.

F. M.

Paris, le 1er janvier 1858.

PREMIÈRE PARTIE.

ATHÈNES.

I

Le paquebot *le Nil*, chargé d'un service régulier entre les échelles du Levant et Marseille, venait de lever l'ancre : il partait, ce jour-là, de Smyrne pour la France, devant toucher à Athènes et Malte. On était vers la fin de l'automne de 1849, et les événements politiques qui venaient tout récemment d'ébranler l'Europe avaient amené en Turquie un certain nombre de réfugiés de diverses nations. Les principaux d'entre eux furent internés à Schumla, au centre de l'Asie-Mineure; les autres restèrent libres d'aller fixer leur résidence où bon leur semblerait.

Parmi les passagers du *Nil*, se trouvait l'un de ces derniers, jeune Allemand que la défaite de Temeswar et la reddition de Georgey avaient contraint de quitter la Hongrie; il se rendait à Paris, auprès de l'un de ses oncles, riche banquier de la capitale. Celui-ci n'était pas précisément révolutionnaire; mais l'esprit de famille avait de bonne heure absorbé chez lui toutes les autres passions, et il y puisait pour son neveu un sentiment dans lequel le devoir et la conscience tenaient au moins autant de place que le cœur. D'ailleurs Christian, venait seulement d'entrer dans sa vingtième année, et le vieux financier ne voyait guère dans ce qu'il appelait son *équipée belliqueuse*, qu'une erreur de jeunesse, pardonnable après tout.

Christian n'en était pas à son premier voyage sur mer, et il n'avait jamais trouvé la moindre poésie dans les ennuis matériels attachés à ce mode de transport. Aussi ne se montra-t-il sur le pont du navire que longtemps après l'appareillage, lorsque tout le désordre que nécessite un départ eût été réparé. *Le Nil* venait de franchir la passe du château, formée à l'entrée de la baie de Smyrne par un immense banc de sable qui s'étend jusqu'à l'embouchure de l'antique Hermus.

Cette baie de Smyrne et le golfe profond qui l'enferme, révèlent véritablement une terre prédestinée. Lorsqu'on découvre de la haute mer la presqu'île de Clazomènes, et Lesbos, et les montagnes entre lesquelles le Mélèse descend au rivage, on peut ignorer jusqu'aux noms d'Anacréon, de Sapho et d'Homère : mais on sent encore que c'est là une patrie exubérante, et que tous les genres d'ivresse ont pu y habiter à la fois.

En ce moment, le soleil se couchait à l'horizon par delà Samos et Scio, au milieu des îles de l'archipel grec. Une légère brise de terre se levait, s'étendant par gradations insensibles jusqu'au milieu du golfe, inondé à cette heure incertaine de lumière et de délicieuses senteurs. La côte sur laquelle la ville de Smyrne est jetée avec cette insouciance qui est si souvent de l'art, disparaissait peu à peu aux yeux de Christian. Il n'aperçut bientôt plus dans cette direction qu'une sorte de ruban noir et irrégulier se détachant à mi-côte du mont Pagus, et formé d'un certain nombre de cyprès gigantesques : c'est le grand cimetière des Turcs. Toutes les villes un peu importantes de l'empire ottoman possèdent, en outre de petits cimetières intérieurs, un vaste champ des morts situé généralement sur l'une des hauteurs avoisinantes. Pour l'étranger, dont les sensations n'ont pu être émoussées encore par la vue incessante des mêmes objets, il y a quelque chose de pénible à contempler ce lugubre respect de la dépouille. On sent là-bas plus que partout ailleurs le caractère oppressif de la conquête : à la gaieté, la vie et l'expansion de ces contrées, elle est venue imposer le froid et le silence de la tombe. Sur ces races du levant, Ioniennes, Grecques, Arméniennes, si belles encore, malgré leurs vices, et que l'Islam a vaincues, le *champ des morts* pèse comme cette empreinte sanglante que l'on montre dans la mosquée de Sainte-Sophie, et dont la tradition attribue l'honneur à Mahomet II. J'ai même observé que, de loin, ces vastes rideaux de cyprès affectent très-souvent, dans leurs contours, la forme d'une hache.

Au-delà du château, *le Nil* longea quelque temps une vallée ravissante au fond de laquelle jaillissent des eaux chaudes, très-renommées dans le pays pour leurs vertus réparatrices. A côté même de cette source, roule un torrent dont la fraîcheur forme, avec la température de cette dernière, un contraste qui se retrouve au fond du caractère de la race aborigène. Les prairies qui mènent à cette vallée de Lidja se couvrent d'anémones dès le mois de février : à la même époque, l'aubépine et le myrte fleurissent sur les versants des montagnes qui l'avoisinent. C'est là que plus d'une fois Christian était venu, durant son séjour à Smyrne, chercher l'oubli ; il en avait toujours rapporté, plus jeune et plus forte que jamais, l'indestructible espérance. Aussi, lorsque l'épaisseur du crépuscule eut achevé de lui dérober cette amoureuse nature, éprouva-t-il, pour la première fois, ce trouble indéfinissable particulier à certaines âmes. Il quittait cette contrée, sans savoir s'il lui serait donné d'y revenir, et son émotion était cette sorte de désespoir sans amertune, qui s'empare du cœur lorsqu'il faut dire adieu à un fidèle ami, que la mort dérobe à la reconnaissance.

Il était déjà nuit depuis longtemps, lorsque *le Nil* sortit enfin de ce golfe splendide qui n'a pas moins de quinze lieues de profondeur. Les hautes chaînes de l'Anatolie montraient, seules, leurs majestueuses silhouettes et s'éloignaient doucement à l'arrière du navire qui emportait Christian. Les lignes qu'elles dessinaient alors sur le fond bleu du ciel de l'Asie étaient d'une pureté radieuse, et le jeune Saxon éprouvait, en les contemplant, ce calme absolu qui rend meilleur, cet amour infini pour la création, qui chasse loin des cœurs, même les plus meurtris, toute pensée de colère envers les hommes.

Et cependant Christian avait peut-être quelque raison de ne pas aimer ses semblables : il était le fils naturel d'une esclave indienne et d'un officier allemand passé au service de l'armée des Indes hollandaises ; son père, marié en Europe et séparé de sa femme dès la première année de mariage, était mort sans avoir pu le reconnaître : aussi, bien qu'il portât son nom dans le monde, son acte de naissance ne le signalait pas moins comme né de père et mère inconnus, et il en était résulté pour lui une série d'humiliations dont le souvenir seul le rendait parfois irréconciliable avec la société.

Mais lorsque son âme, éclose et chauffée aux rayons ardents des contrées du soleil, se sentait en accord avec le milieu dans lequel elle plongeait, il oubliait ses longues heures de tortures, et l'existence brisée de son père, et les caresses déchirantes que lui prodiguait à la dérobée l'esclave qui lui avait donné le jour. Alors il se disait que la haine flétrit ; que la méchanceté des hommes est un infiniment petit dans l'univers ; que, malgré toutes les amertumes dont il abreuve les cœurs vrais, l'amour est encore le seul bien, et que, de la plus humble à la plus éclatante de ses manifestations, la vie qui déborde sur les mondes n'est peut-être qu'un immense et incessant amour, pour lequel le temps et l'espace ne comptent pas.

La nuit était si belle, que Christian et la plupart des passagers la passèrent presque toute entière sur le pont. Le commandant du *Nil* était d'ailleurs ce que l'on appelle un charmant homme ; il faisait, de son mieux, les frais de la conversation, toutes les fois qu'un groupe, de dames surtout, se formait autour de lui pour le questionner sur la durée et les dangers de la traversée. Comme le ciel n'était pas à la tempête et que l'on devait arriver à Athènes le lendemain, ce sujet de conversation fut promptement épuisé. Il est vrai de dire encore que la vapeur a considérablement diminué le prestige du métier de marin, d'où il est résulté pour ces derniers une plus grande aménité de mœurs et de manières, avec plus de sincérité dans le langage.

— Vous paraissez, commandant, aimer la mer à la folie, dit une jeune dame qui s'appuyait sur le bras du capitaine en se promenant avec lui de l'avant à l'arrière.

— Lorsque je m'y trouve en si bonne compagnie, madame, et par une nuit si calme, répondit ce dernier, en appuyant imperceptiblement sur la fin de la phrase.

Dès les premiers mots, Christian s'était vivement rapproché du côté du pont occupé par les deux promeneurs. Le son de voix de cette femme venait de l'arracher tout à coup au calme de ses pensées. D'une nature fougueuse et précoce tout ensemble, il avait aimé, dès l'âge de seize ans, avec cette sincérité fiévreuse qui prépare la tyrannie du souvenir : sentiment que presque tous les hommes apportent dans leur premier amour et les femmes dans leur dernier. Or, la voix qu'il avait entendue était, à s'y méprendre, celle de sa première maîtresse.

En proie, de nouveau, à mille souvenirs qu'il croyait avoir étouffés pour toujours, il s'assit sur le banc de quart, espérant entendre quelques autres fragments de conversation et distinguer les traits de la gracieuse inconnue.

Malheureusement, pour se garantir de l'humidité de la nuit, celle-ci s'était enveloppé la tête d'un étroit capuchon de satin noir, ressemblant assez à une *sortie de bal*, et rabattu avec soin sur les yeux. Christian dut se contenter de saisir au passage des mots incohérents, qui ne lui révélèrent absolument rien de plus. Tout ce qu'il put apprendre fut que la jeune femme devait quitter le navire à Malte, pour se faire conduire par un autre paquebot à Naples, d'où elle comptait aller passer l'hiver à Paris.

Inutile de dire que le pauvre garçon ne ferma pas l'œil de la nuit et qu'il fit les plus savantes combinaisons pour arriver à s'éclairer. Le lendemain il observa, sans succès, l'une après l'autre, toutes les passagères qui sortirent du salon réservé aux dames. S'étant souvenu alors que le commissaire du *Nil* était chargé de vérifier les passe-ports des voyageurs, il songea à se renseigner auprès de lui sur les noms de toutes les personnes qui se trouvaient à bord. Celui qu'il cherchait n'était point sur la liste.

Cette circonstance mit fin à son trouble, qui, au fond, n'était peut-être qu'une variété de l'espérance. Dans le premier moment, d'ailleurs, il avait remarqué, moitié avec satisfaction, moitié avec dépit, que l'inconnue s'exprimait dans le français le plus pur, langue qu'il n'avait jamais entendu parler à son amie. Ces deux indices réunis ne lui laissèrent bientôt plus de doute : il avait évidemment été dupe d'une illusion.

A table, la conversation fût très-animée, comme cela arrive toujours lorsque le temps est beau et que l'on approche du mouillage ; chacun y prit part et Christian, ne retrouvant plus ces notes étranges qui l'avaient tant ému la veille, avait déjà oublié cet incident lorsque *le Nil* jeta l'ancre au milieu du port du Pirée.

Comme il désirait, avant de continuer sa route, visiter un peu longuement Athènes et ses environs, il s'était muni de quelques lettres de recommandation pour cette ville, dans laquelle il comptait séjourner au moins un mois. Dès que les formalités sanitaires furent terminées, il prit congé du capitaine et se fit conduire du Pirée à Athènes, dans une des voitures qui font journellement ce service.

Ces véhicules sont de grandes carrioles à quatre ou six places, traînées par deux mauvais chevaux, et guidées par des cochers gravement vêtus en palikares. Dans le même carrosse prit place un jeune attaché d'ambassade qui venait de Constantinople remettre au chargé d'affaires de France à Athènes quelques dépêches diplomatiques confidentielles : précaution qui témoigne assez du degré de confiance que les gouvernements européens s'accordent mutuellement.

Comme Christian et son compagnon de voyage s'étaient déjà rencontrés à bord du *Nil*, la conversation fut bientôt engagée entre eux.

— Avez-vous remarqué le teint de la comtesse de Cécile? dit l'ambassadeur en herbe. Au fait, reprit-il, vous ne l'avez peut-être pas aperçue, car vous n'êtes avec nous que depuis Smyrne, et la comtesse ne s'est pas montrée de la journée, à cause d'une migraine dont elle se plaint depuis hier soir. C'est, en vérité, une ravissante créature.

Les âmes fortement éprises de l'idéal sont, à certains moments de la vie, incapables de saisir les idées les plus simples. Quelque intelligent qu'il soit, l'être ne perçoit plus alors que ce qui lui vient des objets extérieurs. Christian était à coup sûr doué des plus heureuses facultés de l'esprit : le genre d'éducation qu'il avait reçue avait même développé en lui, d'une manière très-remarquable, toutes les facultés d'observation, et il les appliquait parfois avec une rare sagacité. Cependant il passait, avec quelque raison, auprès des femmes du monde, pour n'être pas du tout observateur. Ces mille petites choses dont se compose la vie, en général, étaient pour lui sans rapports apparents ; là où d'autres, moins intelligents mais plus raffinés peut-être, découvraient des indices sûrs et la base de leur conduite, lui n'apercevait absolument rien. Cela lui arrivait particulièrement lorsque son amour du beau goûtait un libre essor, comme par exemple au milieu d'une réunion artistique, d'une société élégante et contrastée, ou d'une nature pleine de sève, de grandeurs et de souvenirs.

Au moment où son interlocuteur avait pris la parole, il s'apprêtait à le questionner lui-même sur tout ce qu'il voyait devant lui dans la plaine : sur le Pnyx des trente tyrans et la montagne du Musée; l'Acropole et les temples détruits; la triple chaîne du Cythéron, du Pentélique et de l'Hymèthe; sur ce Laurium enfin, qui va s'abaissant lentement dans la mer Egée, vers ce promontoire dont Minerve n'a rien gardé! rien, si ce n'est la blancheur éternelle de ses colonnes de marbre, partout ailleurs jaunies par le temps.

Emporté vers cet ordre d'idées, Christian ne prêta pas aux paroles de son compagnon de voyage toute l'attention qu'elles méritaient peut-être. Les questions qu'il lui adressa à son tour n'étaient pas de nature non plus à intéresser beaucoup notre jeune diplomate. Aussi, lorsque leur voiture s'arrêta dans la grande rue d'Athènes, les deux jeunes gens se séparèrent-ils sans avoir échangé d'autre conversation que des lieux communs généraux : l'unique ressource des gens bien élevés, lorsqu'ils s'aperçoivent qu'ils ne parlent pas la même langue.

Le lendemain matin *le Nil* était reparti du Pirée et Christian commençait ses visites et ses excursions.

FANNY MEAGHERS.

DE LA COLONISATION

MOYENS D'EN ASSURER LA RÉUSSITE DANS LES RÉGIONS INTERTROPICALES.

La question des colonisations lointaines revient à l'ordre du jour en France, et y préoccupe nombre d'esprits éminents. Les journaux quotidiens et les revues contiennent chaque jour des travaux étendus sur cet intéressant sujet. Qu'il nous soit permis à notre tour d'aborder ce thème si large, en recherchant avec loyauté les moyens d'en assurer l'avenir et le succès. Le but principal que nous nous proposons dans cette esquisse rapide, est de déterminer régulièrement les conditions, les éléments matériels capables d'assurer désormais la réussite certaine de toute colonisation tentée dans les contrées fertiles, mais vierges de tout travail humain, partant plus ou moins insalubres, malsaines et difficiles à occuper. Les moyens que nous allons indiquer paraîtront, nous en avons la confiance, assez nouveaux, assez efficaces pour que des hommes de bonne volonté, en position de faire procéder à un essai, demandent et obtiennent de voir mettre le plus tôt possible la main à l'œuvre dans cette nouvelle voie.

Un essai fait à proximité de Gorée coûterait fort peu de chose, parce qu'en cas de non-réussite le matériel de l'établissement serait utilisé, sans perte sensible, soit à Gorée, soit à Saint-Louis du Sénégal, soit dans l'un des comptoirs situés sur le cours de ce fleuve. Si, selon toute probabilité, au contraire, le succès couronne l'entreprise, les résultats en seront inappréciables, immenses, en ce qu'on pourra prendre immédiatement les mesures nécessaires pour agir, dans une grande échelle, sur tous les points qui paraîtront les plus convenables, de Gorée au Gabon.

En effet, quelle considération pourrait arrêterl ess or colonisateur, dès que sera acquise la certitude de réussir dans la mise en culture de ces magnifiques régions intertropicales, les plus riches, les plus belles, les plus plantureuses du globe ? Aucune, évidemment, puisqu'on y aura tout à gagner, rien à perdre. Les populations y afflueront de tous les pays ; et, avant un demi-siècle, l'Afrique sera entamée jusque dans l'intérieur et définitivement conquise à la civilisation, sans retour possible à la barbarie séculaire dont les affreux stigmates ont abruti jusqu'à la bestialité pure plusieurs de ses peuplades courbées, avilies sous l'horrible despotisme de leurs chefs coupe-têtes, qui les immolent encore aujourd'hui par centaines dans les fêtes de fétiches et les obsèques des rois, de leurs parents et de leurs principaux serviteurs.

Un pareil état n'a déjà que trop duré, mais il approche de son terme ; les lumières, les efforts de l'Europe chrétienne vont racheter ces populations infortunées, et notre belle patrie y aura la plus grande part, et y trouvera gloire éternelle et profit légitime.

Ce travail était terminé lorsqu'on nous a communiqué une thèse, pour le doctorat en médecine, d'un chirurgien qui a passé plusieurs années sur les côtes occidentales d'Afrique. Nous en citerons, en manière de préface, le passage suivant qui vient constater, non-seulement la possibilité, mais la facilité de l'occupation par les Européens, de ces belles contrées et de leur mise en culture, sans périls exagérés, pourvu que l'on prenne les précautions convenables.

« L'observation courante, dit M. le docteur Ricard, dé-« montre que le séjour à terre, à la côte d'Afrique, n'est pas « immédiatement dangereux. Il est rare qu'on y soit malade la « première année, à moins d'habiter une localité réputée mal-« saine à la côte ; la seconde année est plus difficile à traverser, « la troisième est la plus dangereuse, etc., etc. »

C'est-à-dire qu'il faut une incubation de plusieurs mois, — nous allions écrire plusieurs années, — pour que les germes morbides aient puissance de déterminer la maladie. On verra qu'avec les paquebots périodiques et les hôpitaux naviguants, on pourra toujours éviter les séjours prolongés, non interrompus, à terre, et se soustraire ainsi à toute incubation de germes morbides, susceptible d'agir assez sur l'organisme pour provoquer et déterminer la maladie. Nous engageons les personnes qui doivent habiter les côtes occidentales, à lire la thèse de M. F. Ricard, chirurgien de la marine impériale. Elles y trouveront nombre d'observations qui les pourront guider dans leurs premiers mois de séjour sur ces côtes infiniment moins mauvaises que leur réputation.

I

> Le trident de Neptune est le sceptre du monde.
>
> LEMIERRE.

Voulez-vous savoir quel rang occupe ou a occupé, dans les temps, une nation comme puissance navale? Nombrez ses établissements coloniaux et leur importance à l'époque donnée, et concluez hardiment, sans crainte de vous tromper dans vos appréciations : la puissance navale est toujours proportionnelle au développement colonial.

Tant qu'une nation conserve des colonies nombreuses et productives, elle est toujours capable de réparer ses désastres maritimes les plus terribles, les plus complets.

Perd-elle ses colonies, au contraire, sa puissance navale, tant grande soit-elle, décline,—quoi qu'elle fasse pour la maintenir,—s'amoindrit fatalement et disparaît en quelques années; et, avec sa puissance navale, son influence sur les affaires du globe.

Le trident de Neptune a toujours été, plus ou moins, le sceptre du monde; mais plus nous allons, puis il devient exact de le dire. Voyez plutôt ce qui existe; qui possède aujourd'hui l'influence sur les destinées des nations? Cette influence est en raison directe de la puissance navale : Angleterre, France, Russie, Amérique, etc. Qu'est devenue la puissance du Portugal, de l'Espagne, etc., de ces anciens maîtres du monde, les descendants des Vasco de Gama, des Albuquerque, des Pizarre et autres géants? Elle a suivi la décadence de leur marine et de leurs colonies; quelques lambeaux, quelques rares bâtiments de flottille.

Là est le secret de l'intérêt qui se porte, dès qu'une nation jouit de la tranquillité intérieure, vers les colonisations, ou mise en culture des terres vierges, qui agrandissent la sphère d'action de la mère patrie, et lui fournissent en outre des denrées exotiques et matières premières en échange de ses produits manufacturés et autres.

Si l'on cherche, dans les deux ou trois derniers siècles,—le résultat serait le même en remontant au delà—l'époque, les époques où chaque nation a exercé la plus grande influence extérieure, on trouve *toujours* que c'est justement alors qu'elle possédait les plus vastes établissements coloniaux.

La France, en particulier, quand a-t-elle été le plus respectée, le plus écoutée au dehors? Quand son rayonnement d'influence s'est-il le plus étendu sur le monde? Sous Louis XIV; alors que nous possédions le Canada, la Louisiane, la plupart des Antilles; alors que Madagascar s'appelait la *France orientale*; alors qu'une grande partie des côtesde l'Inde voyait flotter le drapeau de notre nation.

Quel héritage ne nous eût point légué Louis XIV s'il avait exclusivement reporté vers les possessions d'outre-mer les vues d'agrandissement, de conquête sur ses voisins d'Europe, qui ont épuisé ses finances en pure perte et causé les malheurs de sa vieillesse? Il eût été obligé de maintenir sa marine en bon état, d'en accroître le matériel, afin d'être en mesure de protéger efficacement et ses flottes de commerce et ses nombreuses possessions lointaines, dont la prospérité eût augmenté indéfiniment par les secours, la protection, l'attention incessante qu'y eût prodigués la mère patrie. Combien alors sa tombe eût-elle été vénérée!

Au contraire, quand trouvons-nous l'influence extérieure de la France le plus amoindrie? Sous Louis XV; alors qu'une grande partie de nos établissements coloniaux nous échappaient, que le reste était totalement abandonné, et qu'un ministre de France osait faire vendre, au poids, dans nos arsenaux, jusqu'aux agrès des bâtiments de la flotte!

Cependant, malgré cette ruine complète, malgré ce désastre inouï, le gouvernement de Louis XVI rétablissait en quelques années notre puissance navale, la recréait, pour ainsi dire, de toutes pièces, parce qu'on avait rendu florissantes les colonies qui nous restaient en leur donnant tous les soins possibles : les Antilles étaient dans leur splendeur productive, et la seule Saint-Domingue occupait plus de mille bâtiments marchands de fort tonnage, école et source de marins exercés qui donnèrent le moyen d'équiper et lancer en mer des flottes capables de faire respecter le pavillon de la France, de défendre ses intérêts dans ses entreprises politiques, commerciales et autres.

Pourquoi l'Espagne n'a-t-elle pu rétablir sa marine depuis Trafalgar, elle si grande naguère, si puissante dans le passé, et dictant ses lois à l'Europe et au monde? Parce que ses immenses possessions coloniales lui échappaient une à une et que toute initiative colonisatrice était morte en elle et éteinte. Ses Philippines, sa belle île de Cuba n'ont même pas eu puissance de lui conserver une marine de troisième ordre, en ce qu'elle n'a pas continué à exploiter elle-même ces îles magnifiques. Elle les a livrées aux pavillons étrangers, se contentant d'en tirer le plus de doublons possible, cause de mécontentement, de désaffection croissante. Aussi voyez où en est l'Espagne, quoique son territoire ait presque l'étendue de la France? quoique l'Espagnol ait une valeur personnelle très-grande? Son influence, dans les conseils de l'Europe continentale, a suivi les phases diverses de son développement maritime et colonial. Pourquoi Napoléon lui-même, au commencement de ce siècle, a-t-il échoué dans sa lutte gigantesque, malgré des prodiges de génie et de valeur? parce que l'empire des mers était aux mains de ses adversaires.

Quelqu'un écrivait naguère que si l'Angleterre perdait l'Inde, elle tomberait bientôt à l'état de puissance de quatrième ordre. Quoi qu'il en soit de cette assertion qu'il est permis de trouver exagérée, attendu qu'il resterait encore à l'Angleterre de nombreux établissements coloniaux, il n'en résulte pas moins qu'il commence à être admis, reconnu de nouveau en France par les publicistes et les esprits clairvoyants, que toute puissance navale forte et durable repose sur les colonies ou pays neufs à exploiter et approvisionner, et que les colonies sont un des principaux éléments de la grandeur des nations modernes, comme elles l'ont été dans le passé.

Ceci nous parait irréfutable; aussi conclurons-nous en disant à ce sujet :

Point d'influence réelle, sérieuse et durable, dans les conseils des nations, sans marine de l'État puissante;

Point de marine de l'État puissante, sans flottes nombreuses de commerce lointain;

Point de flottes nombreuses de commerce lointain, sans vastes et fertiles colonies à exploiter et approvisionner;

D'où, les vastes et fertiles colonies sont la condition *sine quâ non* de toute influence considérable sur les destinées du monde.

Telle était la manière de voir de nos grands ministres dans le passé; c'était une tradition vieille comme la Gaule, dont le génie expansif et chercheur a toujours été colonisateur et curieux de découvertes. Mais la tradition fut perdue pendant quelques années, dans les terribles bouleversements qui suivirent la grande révolution de 89. On connaît le mot fameux : « Périssent les colonies plutôt qu'un principe... » et les colonies furent sacrifiées et abandonnées pendant la tourmente. Mais en retrouvant la tranquillité, la France a retrouvé sa tradition.

Depuis très-longtemps donc, on a compris, sans avoir ainsi déduit logiquement les conséquences nécessaires des possessions coloniales, que les colonies, ou pays neufs à exploiter et approvisionner sont, pour les nations, un des plus grands éléments de prospérité ainsi que d'influence sur les destinées du globe. Dès lors on a dû nécessairement se préoccuper de doter son pays d'établissements coloniaux vastes et fertiles. Mais la mise en culture des continents vierges présentant des difficultés nombreuses, provenant principalement de l'insalubrité des lieux; l'on s'est vu bientôt obligé d'y procéder avec circonspection et même d'y renoncer la plupart du temps, parce qu'on y a très-souvent échoué après de lourds et cruels sacrifices en hommes et en argent. Une perspective aussi funèbre a dû et doit encore arrêter tout gouvernement prudent et sage, et faire avorter dans son germe tout projet de colonisation en pays malsain, dès que ce pays peut devenir, en pure perte, le tombeau d'infortunés colons.

Ce dénoûment trop habituel ne provient pas, croyons-nous, des difficultés inhérentes à l'opération, mais bien de ce qu'on l'a généralement entreprise sans connaissance suffisante des lieux, et surtout sans étude préalable approfondie des dangers à vaincre et des moyens capables d'en triompher. Or, nous avons principalement en vue l'exposé de ces moyens : l'*énumération, l'analyse succincte des mesures à prendre pour procéder à la mise en culture des régions fertiles, mais insalubres, avec la certitude d'y réussir sans subir la funeste nécessité d'y ensevelir préalablement plusieurs générations.*

II

Le génie de la France n'est pas colonisateur !

Coloniser un pays, c'est y établir une population née sous d'autres climats, qui, livrée à ses propres ressources, après quelques années, puisse y vivre convenablement du produit de la culture et de l'exploitation du sol.

Dès lors, étant donnée une région quelconque, terrain fertile, mais en friche de temps immémorial,—partant nécessairement plus ou moins malsain, — déterminer les éléments, les organismes divers capables d'y établir une population européenne suffisante, sans l'exposer à être décimée par les fièvres, etc. Nous disons *suffisante*, parce que les noyaux colonisateurs échelonnés de distance en distance sur le littoral, doivent être assez forts, assez nombreux, pour former bientôt des centres capables de rayonner, d'étendre peu à peu leur cercle d'action par leur virtualité propre.

Tel est le problème dont nous nous proposons la solution. Nous ne ferons qu'effleurer la matière ; il faudrait des volumes pour traiter, avec détail, chaque partie d'une matière si vaste, si complexe. Toutefois, nous en dirons assez pour que chacun reste persuadé, après avoir lu notre esquisse, que désormais on peut procéder à la mise en culture immédiate de tout littoral malsain, mais fertile : — Côtes occidentales d'Afrique, grande île Malgache, etc., — et à la civilisation des diverses peuplades qui les habitent, sans que la mortalité atteigne parmi les colons européens un chiffre supérieur à celui des pays depuis longtemps appropriés à la culture.

Ce n'est point coloniser que jeter de pauvres diables, officiers et soldats, dans un fortin, sur un littoral malsain quelconque, en proie à l'ennui et à toutes les privations ; lors même que, sous la protection de ce fortin, viennent se risquer quelques trafiquants infimes que les maladies emporteraient eux-mêmes, s'ils n'abrégeaient le temps de leurs visites. Bientôt, hélas ! on est obligé de tout abandonner, et il ne reste de ces tristes tentatives que de petits tertres surmontés de croix funèbres, promptement recouverts, d'ailleurs, par les herbes et arbustes à végétation puissante des tropiques ; et tout est dit, et chacun de répéter l'inepte et ridicule dicton qui résonne si agréablement aux oreilles d'outre-Manche : *Le génie de la France n'est pas colonisateur!*

Comme si la France n'avait pas déjà aussi largement contribué à l'œuvre sainte qu'aucun autre peuple ! et avec un désintéressement, une abnégation, une bienveillance que tous sont loin d'avoir montrés dans l'occupation des régions qu'il s'agissait de civiliser et de gagner à la culture.

Jusqu'à ce jour, en effet, tous nos établissements coloniaux, grands et petits : Louisiane, Guyane, Antilles, Madagascar, Sénégal, Gabon et autres, — ceux même qui ont fini par prospérer, — ont présenté longtemps le décourageant spectacle d'un vaste hôpital, d'une nécropole, dans les solitudes de laquelle on aperçoit, de loin en loin, quelques spectres livides, tristes restes de populations naguère joyeuses, pleines d'activité et d'espérance.

Mais n'en a-t-il pas été de même pour les établissements coloniaux de tous les autres peuples, sans en excepter ceux qui se targuent de posséder le génie colonisateur? Est-ce donc la condition fatale, inévitable de toute mise en culture des continents vierges? ou bien ce résultat funeste, toujours le même, provient-il uniquement de ce qu'on avait agi sans étude suffisante du problème à résoudre? Ceci est notre conviction intime, et nous avons la confiance de la faire partager au lecteur qui n'a point de parti pris d'avance.

Pour entreprendre la mise en culture de certaines régions malsaines, on manquait, dans le passé, d'éléments précieux d'une création toute récente : les communications régulières et rapides, par exemple, entre les continents, dues à l'application de la vapeur à la navigation. Il ne faut pas moins avouer que si cet élément nouveau est d'un secours précieux, il n'était pas indispensable : les communications par bâtiments à voiles eussent suffi, si les autres conditions principales de la mise en culture de tout littoral malsain avaient été remplies.

Toute colonisation doit nécessairement commencer par l'occupation et l'assainissement du littoral, point d'arrivée des essaims, à portée immédiate des secours et de la protection de la mère patrie. On ne peut songer, en général, à moins d'agir sur une grande échelle,—supposition que nous devons écarter,— à pénétrer dans l'intérieur tout d'un coup, sans s'être rendu maître des points intermédiaires, les avoir assainis, sillonnés de voies de communication sûres et commodes. C'est du littoral qu'il faut s'occuper exclusivement dès qu'on y est bien établi; le reste vient de lui-même. Le littoral assaini dans ces pays splendides, aimés du soleil, les merveilles qu'en raconteront ceux qui en seront revenus, exerceront une attraction suffisante pour y faire affluer autant de populations qu'on en pourra désirer. Faites qu'on y vive, et bientôt il faudra, non pas stimuler l'ardeur des immigrants, mais prendre des mesures contre l'entassement des colons de bonne volonté sur les établissements naissants de ces magnifiques côtes occidentales d'Afrique, si rapprochées de nous et si riches en produits variés aussi faciles à récolter qu'à multiplier.

La seule culture des arachides — née d'hier — confiée la plupart du temps à des esclaves de l'intérieur aussi ignorants que grossiers et nullement intéressés à la production, a enrichi, en quelques années, plusieurs localités de la Sénégambie. C'est là une des mille ressources de ces terres bénies où croît naturellement en plein bois, du café égal, — Rio-Nunez et autres, — sinon supérieur au moka lui-même. Que l'Européen puisse conserver la santé en cultivant ces terres plantureuses, et elles seront bien vite envahies par les émigrants de tous pays.

Eh bien ! nous le disons en toute confiance, ce résultat nous semble aisé à obtenir, à condition de tenter l'entreprise avec les éléments convenables, nécessaires à la réussite et tels que nous allons les énumérer.

Nous sommes loin d'avoir la prétention de tracer ici un cadre inflexible auquel il faille se conformer strictement en tout, sous peine d'échouer; nous sommes loin également d'avoir prévu tout ce qu'on peut faire dans le but de soustraire les colonies naissantes aux épidémies qui les viennent décimer, et qui découragent les plus entreprenants. Nous disons seulement qu'en prenant les mesures de précaution que nous allons énumérer et analyser brièvement, nulle contrée riveraine ne saurait présenter de grandes difficultés à sa mise en culture, à son assainissement, si elle offre la moitié des ressources des côtes occidentales d'Afrique et de Madagascar que nous avons principalement en vue; car la civilisation de l'Afrique est la mission providentielle de la France.

Nous ne pensons pas, en posant cet axiome, que la France soit destinée, seule, à parachever cette grande œuvre, à l'exclusion des autres nations européennes. L'Afrique est vaste, beaucoup l'ont déjà abordée, et il y a là place pour tous. Aucun concours loyal ne doit être rejeté; mais la France y aura la plus grande part. Elle a déjà glorieusement commencé cette tâche, et elle la continue avec dévouement en Algérie, au Sénégal, et, jusqu'au Gabon, sous l'équateur, jusqu'au fond du golfe de Biafra.

III

La civilisation de l'Afrique est la mission providentielle de la France.

Éléments de colonisation pour la mise en culture des côtes occidentales d'Afrique, etc., etc. :

1° Compagnies coloniales, organisées militairement;

2° Paquebots réguliers, desservis par l'État;

3° Hôpitaux naviguants;

4° Logements suffisants portés tout construits sur les lieux d'occupation;

5° Tentes mobiles pour abriter les travailleurs à découvert;

6° Brise-lames capables de former des points accostables sur les plages qui en sont dénuées ;

7° Embarcations spéciales propres à franchir les barres ;

8° Déboisement circonspect et reboisement régulier, combiné avec le plus grand soin, pour éviter la dénudation brusque du sol.

1° Compagnies colonisatrices, organisées militairement.

Les premiers essaims destinés à attaquer un point choisi pour être le siége d'un noyau colonisateur sont exclusivement composés de sections prises dans les compagnies colonisatrices, qui se recrutent d'éléments nouveaux, à mesure des versements. Elles sont formées d'hommes aguerris, anciens soldats et marins, pour la plupart, habitués aux courses lointaines, aux longues absences, aux températures élevées des régions intertropicales ; esprits aventureux, remuants, hardis, pour lesquels le mouvement, l'imprévu,— même semés de dangers, de travaux pénibles — constituent la vie par excellence. Ces hommes insouciants, chez lesquels, en général, les liens de famille sont depuis longtemps rompus ; qui n'ont d'autre attachement que l'esprit de corps qui les relie aux camarades doués des mêmes goûts, résisteront cent fois mieux aux diverses causes de maladies que ces premiers venus jetés, plus ou moins isolément, jusqu'à ce jour, sur les points qu'on voulait occuper. Ces natures énergiques, mais soumises de longue main aux mesures d'ensemble, opéreront des prodiges sous la conduite de chefs doués des talents, des aptitudes nécessaires, des connaissances pratiques en divers travaux manuels, dans lesquels ils prêcheront d'exemple. On sait que beaucoup de nos officiers,—les plus capables peut-être, — se livrent souvent aux travaux manuels les plus penibles : travaux de forge, de tour, de menuiserie et autres, dans lesquels plusieurs excellent. Ce sont les chefs-nés des établissements coloniaux naissants et leurs gouverneurs futurs, dès qu'ils auront pris un assez large développement.

Non que les travaux manuels doivent employer une grande partie du temps de nos officiers dans les établissements coloniaux, à peine devront-ils y mettre la main; mais les connaissances pratiques des chefs, et leur aptitude à diriger tous les travaux, constituent la qualité qui doit inspirer à leur compagnie le plus d'attachement dévoué et de subordination réelle: le peuple adore tout supérieur qui connaît et partage ses labeurs.

Les compagnies colonisatrices contiennent des hommes de tous les métiers, de toutes les professions, comme nos équipages de vaisseaux : charpentiers, menuisiers, forgerons, etc.; mais on y attire surtout le plus d'hommes spéciaux, capables de diriger les masses dans les travaux de jardinage, de culture diverse des zones tempérée et intertropicale; dans l'élève des bestiaux, des volailles de toute sorte, sources d'alimentation immédiate, de richesse future et prochaine. Il faut mettre le plus tôt possible la colonie naissante en mesure de se suffire à elle-même et de fournir les éléments d'une alimentation abondante, confortable à tous ses membres (1).

L'établissement culinaire unique prépare en grand les aliments qui sont distribués, comme à bord des navires de l'État, sous la surveillance des chefs de semaine. Pas de morcellement, cause et source de déperdition, de dépenses décuples de certains détails, de dilapidations, de jalousie et autres ferments de discorde. L'unité d'action est indispensable pour assurer une réussite complète; partout l'initiative, la direction de l'État qui, seul d'ailleurs, possède tous les éléments nécessaires à la mise en culture, à l'assainissement des continents en friche (2).

(1) « L'étude des aliments nutritifs gras m'entraînerait dans un même ordre « d'idées. Les personnes qui usent de la nourriture la plus substantielle résistent « le mieux. » — F. Ricard, Chirurg. de la marine, D. M. P. 1855.

(2) Nous croyons que des compagnies puissantes pourraient entreprendre la mise en culture et l'assainissement des terres vierges intertropicales, assez riches en produits de toute espèce pour assurer des bénéfices considérables aux entrepreneurs; il s'en formera sans doute, dès qu'il sera prouvé qu'on peut les aborder avec certitude de réussir; mais, auparavant, l'initiative de l'État nous paraît indispensable, en ce que nulle entreprise particulière n'oserait commencer l'attaque.

C'est aussi la conclusion du travail de M. Weis dans la *Revue contemporaine*.

Van Belg.

Pendant les premières années. le commerce d'approvisionnement, et d'échange même, doit se faire au compte et par l'entremise de l'établissement, qui ne saurait souffrir dans son sein des marchands, étrangers aux travaux productifs, bons seulement pour démoraliser et pousser à la fainéantise les hommes les plus laborieux. Les chefs des divers détails sauront bien vendre l'excédant des produits, et s'approvisionner des denrées nécessaires, avec l'assentiment et sous la surveillance du conseil d'administration dont ils font partie. Surtout pas de cantine étrangère à l'administration; elle saura fournir elle même les aliments et rafraîchissements nécessaires à ses travailleurs, comme elle leur ménagera les fêtes et les réunions de plaisir; en un mot enfin, point d'intrus parasite.

Les exercices militaires des compagnies colonisatrices se bornent, en attendant leur envoi sur le terrain, à savoir assez bien se servir d'un fusil, pour défendre l'établissement naissant contre une attaque possible, — quoique tout à fait improbable, sur presque tous les points, — de la part des quelques groupes inoffensifs qui habitent les régions incultes. Lorsqu'on pourra craindre une attaque plus sérieuse, la compagnie fournira des artilleurs en état de manœuvrer quelques obusiers de montagne : nos matelots le sont presque tous; et chaque compagnie contiendra assez d'hommes exercés pour en armer une douzaine au besoin.

Les navires destinés au transport des colons et du matériel, portent sur les lieux les bâtiments d'habitation, disposés à l'avance, suffisants pour loger convenablement l'essaim colonisateur et les animaux domestiques dont on monte tout d'abord les étables, avec loge pour quelques gardiens. On se préoccupe avant tout, avons-nous dit, d'assurer l'alimentation agréable et salubre des colons. Les premiers travaux, à part le montage des bâtiments d'habitation et ceux indispensables pour déblayer le terrain, sont exclusivement consacrés au jardinage, semis de légumes et fourrages pour les bestiaux, aux soins les plus minutieux à donner au poulailler, au pigeonnier, aux lapins, etc.; afin de se mettre le plus vite possible à même de se suffire en denrées alimentaires. Le riz, l'igname, la patate, le maïs frais, le manioc, tiennent promptement lieu de pain et le remplacent souvent avec avantage, au goût de la plupart des colons, qui ne s'établissent définitivement à terre que bien des jours après qu'on a opéré les premiers semis. Chaque soir tous rentrent à bord des bâtiments, à l'exception de la garde, dont le personnel n'est jamais le même, deux jours de suite. Ce n'est jamais que graduellement qu'on augmente le nombre de ceux qui couchent à terre, quand on sait le sol assez tassé et séché, au-dessous et aux environs des habitations, pour ne pas dégager avec excès les gaz délétères.

Les compagnies colonisatrices sont en même temps compagnies d'équipage de navires ; elles font le service sur les bâtiments de transports, paquebots et autres. Composées en grande majorité d'anciens marins et soldats ; tous y sont aptes à remplir à bord plusieurs fonctions utiles. Dans la constitution de tout équipage de paquebot, il entre une section de compagnie colonisatrice, qui fournit aux remplacements des malades pris sur les divers points d'occupation visités par le paquebot dans sa tournée bi-mensuelle.

2° Paquebots réguliers, désservis par l'État.

Les paquebots périodiques sont un rouage précieux pour la mise en culture des côtes malsaines. Leur importance est presque égale à celle des hôpitaux naviguants. Leur passage régulier, aussi fréquent que possible, au moins bi-mensuel, est indispensable pour montrer aux colonies naissantes que la mère-patrie veille avec sollicitude sur leurs besoins les plus minutieux. Ils les approvisionnent des objets provenant d'Europe et emportent les échantillons, les parties de denrées produites sur les établissements nouveaux, et destinés à la vente en France ou ailleurs. Ils donnent les nouvelles de France, de tous les points qu'ils visitent, en passant, et sont ainsi une source de distraction, de plaisir réel, se renouvelant périodiquement.

Les malades qui n'ont pu se rétablir sur les hôpitaux naviguants, dans l'intervalle du passage de deux paquebots, —

quelques jours, — y sont embarqués et déposés sur d'autres points, pour essayer du changement d'air, ou emmenés en France, s'il y a lieu et que le malade le désire; mais ces cas sont extrêmement rares, en ce qu'il est presque impossible que la maladie prenne un caractère sérieux et ne soit pas enrayée, — avant d'avoir fait des progrès sensibles, — par l'embarquement immédiat sur l'hôpital naviguant.

La section colonisatrice faisant partie de l'équipage du paquebot remplace les malades qui s'en vont par des colons bien portants, qui ne sauraient trouver aucune répugnance à rester à terre, où ils mènent une vie agréable avec des camarades déjà plus ou moins connus d'eux, dont ils vont partager les travaux et les plaisirs; ils ont d'ailleurs la certitude de pouvoir eux-mêmes s'en aller, dès qu'une indisposition tant soit peu sérieuse, ou une affaire personnelle quelconque pourraient réclamer leur présence en Europe, ou sur un autre point.

Les paquebots, navires de l'État, remplacent, pour la police des mers, les stations fixes, supprimées sur tous les points qu'ils parcourent; stations aussi inutiles et ennuyeuses que les tournées des paquebots sont utiles et agréables. On peut recueillir les voix à ce sujet: officiers et matelots désirent avec ardeur le rétablissement des divers services sur Alger et les autres points, par les navires de l'État. C'est que les parcours rapides de points plus ou moins rapprochés les uns des autres, et visités successivement, avec retour périodique en France ou tout autre lieu où réside la famille, constituent pour tous une existence pleine de charme. Elle réunit les distractions des voyages à une foule de plaisirs que ne sauraient goûter les voyageurs, — même les plus riches, — obligés de s'occuper continuellement de leur bagage, de réglements de comptes et autres tracas, qui diminuent beaucoup la vivacité de leurs jouissances.

L'entretien des paquebots est, en apparence, plus coûteux que celui des stations fixes, en réalité non; parce que les bâtiments en station ne rapportent rien au trésor directement outre leur parfaite inutilité; tandis que les paquebots, outre leur utilité capitale, comme agents de colonisation, etc., etc., couvrent une partie plus ou moins considérable de leurs frais, en prenant dépêches, passagers et marchandises. Faut-il ajouter que les paquebots périodiques ne perdent presque jamais d'hommes par les maladies qui déciment si souvent les équipages des bâtiments en station; ils créent en outre le mouvement et la vie sur tout leur parcours, puisqu'il suffit, — comme chacun sait, — d'établir des moyens de communications régulières dans les régions les plus incultes, parmi les populations les plus apathiques, les plus stagnantes, pour y ranimer la vie et faire naître toutes les cultures, toutes les industries compatibles avec les ressources des pays traversés.

Les paquebots de la France, parcourant de Tunis à Benguéla les côtes occidentales, y montreront constamment ses couleurs et, reliant entre eux tous les comptoirs européens de cette immense étendue de côtes, feront plus en vingt ans pour la civilisation de l'Afrique que tout ce qu'y ont pu tenter les diverses nations jusqu'à ce jour.

La plupart des expéditions européennes, des occupations, plus ou moins prolongées sur la côte, n'ont eu d'autres résultats que de refouler, pour un temps, les populations vers l'intérieur, et d'augmenter les défiances des chefs, plus cruels, plus barbares que jamais, malgré les efforts des Européens pour les amener à de meilleurs sentiments. Les expéditions guerrières particulièrement, dans lesquelles il est difficile de ménager suffisamment la santé et la vie des hommes, bien que faites dans le but de procéder ultérieurement à l'établissement d'essaims colonisateurs, préparent inévitablement des désastres, en semant des ferments de vengeance chez les populations indigènes qui entourent bientôt l'établissement naissant d'un cordon hostile qui s'oppose à toutes relations, à tout approvisionnement extérieur. Les mille privations, les maladies qu'elles aggravent, doublent, triplent le nombre des pertes; le noyau colonisateur se fond, pour ainsi dire, à vue d'œil, et les tristes débris d'une expédition vigoureuse et capable de grandes choses se retirent en abandonnant tous les travaux exécutés et grande partie du matériel d'exploitation s'il n'est livré aux flammes.

Telle est l'histoire de l'expédition Gourbeyre, en 1829-1830, sur Madagascar: *ab unâ disce omnes.*

Les chefs sauvages, se sont toujours reposés, — non sans raison, — sur l'insalubrité des plages des pays qu'ils occupent pour se débarrasser, sans trop de peine, des Européens qui viennent s'y établir un peu à la légère, avant d'avoir déterminé d'avance les mesures à prendre pour échapper aux maladies qui y assaillent les premiers travailleurs. Le général *la fièvre*, disait Radama, combat pour moi, il vaincra mes ennemis, et les dispersera sans que je m'en mêle.

Aussi, n'est-ce point par la guerre, en tuant quelques centaines, quelques milliers, si l'on veut, de pauvres diables, qui n'en peuvent mais, qu'on entamera sérieusement les côtes occidentales d'Afrique ou de Madagascar : rien ne se crée par la violence et brusquement. Toute création est le résultat d'une action paisible et lente, mais continue ; il faut s'établir tranquillement sur les points les plus favorables,— la place ne manque pas, elle est vide, inoccupée; — montrer aux noirs habitants de ces régions les merveilles de l'Europe, faire naître des désirs nouveaux, — le plus possible, — dans ces organisations d'enfants grossiers, et surexciter leur pauvre imagination, afin d'éveiller leur curiosité et de leur faire convoiter quelque chose assez fortement pour secouer leur torpeur. Surtout, pas de violences : elles sont inutiles toujours, sinon nuisibles; il faut, au contraire, gagner les populations par la douceur, quelques concessions, s'il est nécessaire, afin qu'elles acquièrent promptement la conviction absolue qu'on ne leur veut faire aucun mal, et qu'elles n'ont qu'à gagner au contact des Européens.

Les passages fréquents, réguliers des paquebots le long des côtes; leurs séjours de quelques heures vis-à-vis des établissements européens, imprimeront déjà une petite secousse à l'imagination des riverains, on s'empressera de prendre à bord quelques jeunes gens, s'il s'en trouve de bonne volonté, et il s'en trouvera, qui deviendront matelots, chauffeurs, et seront d'un grand secours sur les hôpitaux naviguants et sur les paquebots eux-mêmes (1). Entre les tropiques, la température élevée de la chambre des machines à vapeur est plus supportable pour les indigènes que pour les Européens, dont on diminuera le nombre et les heures de chauffe, à mesure qu'on les pourra remplacer par des chauffeurs noirs, moins coûteux et plus vigoureux.

VAN BELG.

(*La suite prochainement.*)

(1) « Les bras noirs ne manquent pour rien à la côte occidentale d'Afrique; « le génie a formé au Sénégal d'excellents maçons, de bons charpentiers et menui- « siers noirs. Dans les localités isolées, dans les postes où le travail est constant, « les noirs se prêtent à tout ce qu'on en exige ; il n'est besoin que de têtes pour « diriger ces bras, etc. »

F. RICARD, chirurgien de la marine, 1855.

On le voit, les bras noirs ne manqueront pas pour tous les travaux qui pourraient compromettre par trop la santé des blancs dans les premiers efforts des noyaux colonisateurs.

VAN BELG.

ÉPISODES

DE

L'HISTOIRE DU TIERS-ÉTAT

LA RÉCRÉANCE.

Ce que j'aime dans le moyen-âge, ce ne sont, je l'avoue, ni les grands coups d'épée, ni les grands coups de lance des preux chevaliers. Les merveilleuses aventures des expéditions d'outre-mer, les épopées chevaleresques de Roncevaux et de Jérusalem n'ont pour moi qu'un mince attrait.

Combats pour combats, aux brillants faits d'armes des croisés à Ptolémaïs et à Constantinople, à Damiette et à Mansourah, qui ont porté jusqu'en Orient la renommée de la France, je préfère la lutte plus féconde, obstinée, et non moins périlleuse des bourgeois, nos pères, contre la tyrannie envahissante de leurs seigneurs. Ce que j'aime donc au moyen-âge, dans ces temps assombris et douloureux, ce que j'y étudie avec prédilection, c'est précisément cette lutte incessante et courageuse du tiers-état contre la féodalité, ce sont les phases diverses et les péripéties palpitantes de ce drame intérieur dont notre civilisation émancipée est le dénoûment.

N'est-ce pas en effet à ces efforts constants de la bourgeoisie des métiers, à la communauté d'intérêts qui fut la base de son alliance avec la royauté, que nous devons l'unité de la nation? N'est-ce pas elle qui a préparé le triomphe du grand principe de l'égalité devant la loi, et toutes les conquêtes de la Révolution?

Bien plus, ce principe et ces conquêtes, ses hommes d'élite et ses chefs intelligents les avaient entrevus dès le quatorzième siècle, et s'ils n'en réussirent pas alors l'application, ils léguèrent du moins à leurs descendants des traditions qui devaient revivre en 1789.

Malgré l'apparente confusion qui semble le caractère distinctif du quatorzième siècle, au milieu des misères et des désastres qui accablent la France; parmi la dévastation et les ruines qu'amoncèlent de tous côtés la guerre contre les Anglais, la guerre civile, les guerres privées, les courses et les ravages des routiers, la famine, la peste et la jacquerie, la grande bourgeoisie seule reste debout, patiente, énergique, dévouée à son pays, les regards tournés vers l'avenir, initiant le peuple aux nobles idées d'émancipation et de liberté, de nationalité et de patrie, et s'essayant déjà, dans l'intérêt commun, à l'exercice du gouvernement représentatif. Elle défend ses priviléges et ses libertés avec une force de résistance indomptable; pour les maintenir elle n'est économe, ni de ses richesses, ni de son sang; et, pour le plus mince et le plus pauvre de ses bourgeois comme pour le plus riche et le plus puissant, le collége municipal arme les citoyens de la commune ou épuise le trésor communal, tant il comprend bien la solidarité qui lie entre eux tous les membres de l'association, tant il sent vivement qu'une commune ou une nation est perdue et vouée à la tyrannie du premier venu, dès que les citoyens restent indifférents aux souffrances du plus petit d'entre eux, et aux atteintes portées à sa liberté et à son indépendance.

La commune entreprend donc, ou plutôt, — car l'agression ne vient presque jamais d'elle, — elle soutient contre la féodalité des guerres longues et ruineuses pour venger le meurtre d'un de ses bourgeois, et surtout elle poursuit à outrance les seigneurs laïques ou ecclésiastiques, violateurs de ses libertés et priviléges, devant les cours de justice, et particulièrement devant la cour récemment organisée du parlement royal. Les archives des grandes villes municipales sont pleines de chartes et de parchemins, d'actes de procédure et d'arrêts, où l'on voit vivre, lutter et s'agiter la commune du quatorzième siècle. C'est là, mieux encore que dans les chroniqueurs contemporains, que l'historien peut saisir les traits caractéristiques, étudier les mœurs, les passions, les vices et les vertus de la bourgeoisie. C'est à ces précieux documents, pour la plupart publiés, que j'emprunterai les éléments dont se composeront les épisodes de l'histoire du tiers-état, où j'essayerai de mettre en lumière la vraie physionomie de cet ordre, appelé à devenir un jour la nation française.

La royauté, c'est une justice à lui rendre, quoiqu'elle agît dans son intérêt propre pour contre-balancer la puissance féodale, soutenait les droits du tiers-état avec une fermeté et une constance qui lui gagnaient les sympathies de cette classe ; et la bourgeoisie, se voyant protégée par un pouvoir supérieur à la féodalité, au lieu de recourir sans cesse à la force des armes, comme au douzième et au treizième siècles, pour repousser la violence et l'injustice, en appelait au roi en sa cour de parlement des griefs dont elle avait à se plaindre. De là cette transformation signalée par Augustin Thierry, dans la lutte du tiers-état contre la noblesse et le clergé.

« Cette lutte du privilége seigneurial contre les libertés bourgeoises, si énergique dans son origine et si pleine de mouvement, paraît transformée en un procès entre parties, où les rôles de demandeur et de défendeur sont remplis tour à tour par l'archevêque (de Reims) et par les magistrats de la commune. Plaideurs inconciliables et toujours en instance, ils portaient dans cette guerre d'un nouveau genre un acharnement qui rappelait, sous d'autres formes, le temps des hostilités à main armée (1). »

Parmi les grandes cités communales, Reims fut une de celles qui rencontrèrent, de la part de la féodalité, le plus de résistance à l'établissement et au maintien de leurs libertés. Ses seigneurs, les archevêques, d'abord comtes, puis ducs et pairs de France, considéraient la commune comme une vassale, et du fond de leur bastille de Porte-Mars, qui dominait la ville, ils maltraitaient et vexaient les bourgeois; souvent quelque nouvel empiétement du pouvoir archiépiscopal soulevait l'indignation de la population, et la poussait à se livrer à des représailles à main armée, et surtout à saisir la juridiction royale de ses démêlés avec le seigneur ecclésiastique.

Depuis qu'en 1182, l'archevêque Guillaume-aux-blanches-mains avait octroyé une charte de commune aux bourgeois de Reims, les plaids étaient *mus pardevant* le prévôt comme président et les échevins comme juges assesseurs, et *le droit était dit par eschevins et par conseil de bonnes gens.* Les membres de la commune étaient donc jugés par leurs pairs, et la charte ne réservait à l'officialité, tribunal de l'archevêque, que trois cas en matière criminelle, le meurtre, la trahison et le larcin; encore fallait-il que les faits fussent notoires et manifestes. Mais souvent l'archevêque ou ses officiaux, sans tenir aucun compte de la charte, faisaient jeter dans les prisons de Porte-Mars des citoyens et même des magistrats de la commune.

Alors entre la municipalité et l'archevêque s'engageait une lutte judiciaire pour le maintien d'un privilége qui était la sauvegarde de la liberté individuelle des bourgeois. Ce privilége s'appelait la *Récréance.* La récréance, sorte d'*habeas corpus* du citoyen de la commune, se trouvait en germe dans la charte de Reims de 1182, comme dans la plupart des chartes communales. En effet, celui qui jouissait du droit de bourgeoisie,

(1) *Lettres sur l'Histoire de France. Histoire de la commune de Reims*, lettre XXIe, p. 307.

ayant le privilége d'être jugé par ses pairs, ne pouvait être emprisonné par le seigneur justicier que pour les cas réservés à la juridiction féodale. Mais, entre cette juridiction et la juridiction communale, entre les franchises de la bourgeoisie et les prétentions du seigneur, qui pouvait être juge et arbitre souverain, qui pouvait décider si le seigneur avait usé de son droit en emprisonnant un bourgeois, ou si la commune avait raison de soutenir qu'il avait violé ses libertés par l'arrestation illégale d'un de ses membres pour des cas non réservés ? C'était le roi, comme suzerain, le roi qui, à ce titre, avait ratifié les chartes de communes. Le roi encourageait donc les appels portés devant ses tribunaux, et surtout devant sa haute cour de parlement, à cause de l'augmentation de puissance et d'influence que lui donnait sur les trois ordres ce droit de vider leurs différends et de prononcer en dernier ressort. L'appel au roi, utile aux communes, était une nouvelle brèche ouverte dans les remparts de la féodalité. La justice, qui venait de la terre noble et du fief, allait par là graduellement en sortir et passer dans la main du roi, de qui toute justice devrait émaner un jour. Ainsi, entre la royauté et le tiers-état, accord parfait pour amoindrir et *amenuisier* les justices seigneuriales. Les communes ne manquaient donc jamais d'appeler au roi des violations de leurs chartes et de lui demander de maintenir les franchises et priviléges qu'il avait ratifiés et scellés de son sceau.

A Reims, lorsque l'archevêque avait fait arrêter un bourgeois et saisir ses biens, les échevins présentaient au roi, en sa cour de parlement, une requête énumérant leurs griefs et doléances contre leur seigneur. Un procès s'engageait ; la commune et l'archevêque envoyaient des procureurs pour soutenir leurs prétentions respectives. Mais les formalités étaient longues, la procédure marchait lentement, et, en attendant la solution définitive du procès, les biens saisis auraient pu rester sous le séquestre, les citoyens arrêtés, en prison, des années entières.

Pour remédier à cet inconvénient, le parlement rendait des arrêts interlocutoires, le droit des parties réservé (*salvo jure partium*), pour restituer provisoirement les biens saisis à leurs propriétaires, ou remettre en liberté les citoyens arrêtés, à la charge par eux de fournir une caution. C'était là ce que l'on appelait, dans la langue juridique du moyen-âge, *recroire, recredere*. La *récréance* était donc le privilége accordé au citoyen de la commune d'obtenir *per manum regis tanquam superiorem* (par la main du roi comme suzeraine) la liberté provisoire, ou la remise des biens saisis, sous caution, avant l'arrêt définitif sur le fond du litige.

Un arrêt du parlement du 28 février 1302 avait déclaré que la cour retiendrait toutes les causes où il s'agirait d'un cas de *récréance* garanti par la charte de 1182. Ces graves questions de *récréance* étaient devenues des questions d'état, des questions de vie ou de mort pour l'échevinage de Reims, et un arrêt du 2 mars 1309 déterminait ainsi ce droit « *touchant le corps* « *de l'eschevinage, c'est assavoir que se l'arcevesque ou ses gens* « *grèvent les eschevins, ou leurs bourgois, ilz sont en saisine de* « *eulx traire au roy, sans moyen, pour en avoir remède, et non* « *ailleurs, et le roy en saisine d'en avoir la congnoissance. Item,* « *et faisant mencion de la prise de Jehan de Mellemont, lay* « *bourgois de Reims que les officiers de Reims tenoient prison-* « *nier, lequel fut recreu et délivré par ledit arrest* (1). »

Cet arrêt avait ordonné une enquête avant faire droit, et c'était en attendant que la cour pût prononcer sur le fond, *hoc pendente*, qu'elle avait en même temps *recreu* Jehan de Mellemont et les biens saisis par les officiaux de l'archevêque.

Ce n'était pas toujours sans peine et sans lutte que l'autorité royale se faisait obéir et arrachait aux prisons du grand seigneur ecclésiastique les bourgeois arrêtés. Souvent l'archevêque faisait fermer les portes de sa bastille devant les huissiers du roi, ou même devant le prévôt de Laon ou le bailli de Vermandois, envoyé pour faire exécuter les arrêts du parlement et *recroire* les bourgeois illégalement détenus. Un arrêt du 27 fé-

(1) Varin. *Archives administratives de la ville de Reims*, tome second, première partie, pages 51 et 77 et suiv.

vrier 1309 mentionne les injustices et les arrestations quotidiennes que commettaient le prince de l'Église et ses gens, et les fréquentes désobéissances qu'ils se permettaient en refusant la *récréance*, malgré les décisions du parlement. Une enquête est ordonnée à ce sujet, et spécialement sur un fait de désobéissance aux ordres du roi, qui avait eu lieu le 10 décembre 1308. En voici le curieux compte-rendu, tel qu'il est narré dans une cédule rédigée le 15 décembre 1308, par un tabellion royal, et adressée par le prévôt de Laon au bailli de Vermandois :

« Jehan de Margival, prévôt de Laon, et Lisiars Corbians, sergent le roy, de leurs personnes étaient venus à Reims, sommer l'archevêque, son baillif, ou son lieutenant, d'obéir aux ordres du roi et de les laisser exécuter des arrêts de récréance, rendus conformément à la charte des échevins de Reims. *A grant plenté de bonnes gens*, ils allèrent en Porte-Mars, au *chastel* de l'archevêque, et quand ils furent à la porte, ils la trouvèrent close, et requirent le portier, de par le baillif de Vermandois, et lui commandèrent de par le roi, leur seigneur, d'ouvrir cette porte, parce qu'ils voulaient parler au baillif de l'archevêque ou au lieutenant du dit baillif. Le portier répondit qu'il n'ouvrirait pas et qu'il ne laisserait pas entrer. Ils lui demandèrent qui il était, et son nom; il répondit : « — Qu'en avez à faire? Je n'ai point de nom; vous ne le saurez point par moi.—» Alors, quand ils virent ces désobéissances, par une fois, par deux, par trois, ils le sommèrent, mais autre chose ni autre réponse n'en obtinrent. Sur ce, *présent grant plenté de bonne gent, dignes de foy*, ils firent lire à haute voix, à la porte, et exposer le mandement du baillif de Vermandois, lequel lu, ils firent encore requête et commandement au portier, qui ne se voulut nommer, ni ouvrir la porte, mais désobéit du tout.

« *Et quant ce veismes*, ajoutent le prévôt et le serjant le roy, « *nous feismes les requestes et commandements que vous nous « aviés carchiet* (chargés) *à faire, et nous, qui n'aviens mie la « force, retournasmes arière à nostre ostel, et attendismes tant et « demourasmes le lendemain jusques à tant que nous trouvasmes*

« *Pierre le Gouverneur qui tenoit le liu dou baillif, et li mons-*
« *trasmes, présent bonne gent dou conseil l'archévesque et plui-*
« *seurs autres, et exposasmes vostres mandemens, et li comman-*
« *dasmes de par le roy que il vausist obéir.* »

« Pierre le Gouverneur demanda copie du mandement, puis du temps pour délibérer jusqu'au lendemain, avec le conseil de Monseigneur l'archevêque. Le prévôt de Laon répondit que toute délibération était inutile. Néanmoins, il n'octroya ni ne refusa le délai, disant, au départir, qu'il savait bien ce qu'il avait à faire. Pour le mieux sommer, il laissa écouler le délai. Le lendemain, prévôt et sergent revinrent arrière pardevant Pierre le Gouverneur; celui-ci refusa de défaire ce que lui-même n'avait pas fait, mais qui avait été par Monseigneur l'archevêque et par son baillif. Ils lui déclarèrent alors qu'ils iraient ôter les *saisines* qui étaient chez une bourgeoise, l'invitant à y venir, s'il *cuidoit que bon fût*. Pierre le Gouverneur répondit qu'il *s'en conseilleroit*. Sur ce, le prévôt et le sergent allèrent chez la bourgeoise, ôtèrent les saisines en présence de *bonne gent*. Pierre le Gouverneur n'y vint pas; ils ne trouvèrent qu'un *serjant l'archévesque*, qui protesta en disant, que s'il savait que Messire l'archevêque eût volonté de s'y opposer, ils n'auraient pas la force de lui ôter la saisine. Sur ce, ils le mirent hors de l'hôtel, brisèrent les sceaux de l'archevêque et placèrent un gardien, pour que la maison ne fût pas forcée après leur départ. Puis, ils arrêtèrent dans la ville de Reims, Raoul de Chaumisi, homme de l'archevêque et l'envoyèrent en prison à Laon. De là, ils se rendirent à Courmicy, firent venir par devant eux la justice du lieu, la destituèrent, et firent une nouvelle justice au nom du roi; puis ils mirent la *main le roy* à certaines personnes de la dite ville (de Courmicy ?) et leur commandèrent, de par le roi, de se rendre de leur corps ès prison de Laon. Mais ces hommes de l'archevêque ont désobéi et n'y sont pas venus (1). »

Il y a dans cette cédule, dans cet acte de procédure rédigé par un tabellion, une peinture aussi vive et aussi vraie, pour le

(1) Varin. *Archives administratives de Reims*, t. II, deuxième partie.

moins, de la société du commencement du XIVe siècle, de la lutte de la royauté unie à la bourgeoisie contre la féodalité, que toutes celles que l'on pourrait rencontrer dans les chroniqueurs contemporains. Tous les commentaires, toutes les réflexions philosophiques, tous les récits ne vaudraient pas cette scène racontée par les acteurs eux-mêmes, et qui avait pour théâtre la place publique, au pied de la poterne du vieux castel des archevêques de Reims. Derrière les hautes tours sombres et les murs épais de la bastille de Porte-Mars, on entrevoit l'orgueilleuse figure du prélat hautain qui méprise le peuple et brave l'autorité royale. Ses hommes, ses officiers et ses valets n'ont, comme lui, aucun souci de la majesté royale, et répondent avec insolence aux sommations du prévôt et du *serjant-le-roy*, qui n'ont *mie la force* pour punir ces désobéissances. Mais si la force brutale est derrière les créneaux de Porte-Mars, on sent que la force morale est du côté du roi et de ses magistrats, parce qu'ils sont assistés et appuyés par *grant plenté de bonnes gens*, c'est-à-dire par le tiers-état, par la bourgeoisie, par le peuple, prêt à défendre, au besoin, les envoyés du roi contre les hommes de l'archevêque, s'ils poussaient l'insolence jusqu'à les attaquer. Aussi les officiers de l'archevêché, tout en protestant au nom de leur maître, avec des paroles arrogantes, n'osent-ils attaquer les deux officiers du roi qui n'ont pour toute escorte qu'un peuple sans armes, pour toutes armes eux-mêmes que des parchemins et mandements revêtus du sceau du bailli de Vermandois ou du sceau royal. Il y a donc déjà une sorte de légalité naissante dont le roi est la personnification, et que les plus puissants seigneurs hésitent à violer ouvertement. On lui opposera bien une résistance passive, on lui fermera les portes des châteaux, on lèvera devant elle les herses et les ponts-levis, mais on évitera de lui déclarer la guerre, et de commencer contre elle des hostilités à main armée qui pourraient avoir des suites terribles.

Le peuple, de son côté, abrité derrière les magistrats du roi, s'approche avec assurance de ces bastilles qu'il ne regardait que de loin et en tremblant; il en mesure la hauteur, et il rêve déjà aux moyens de les renverser.

Quelle joie et quel triomphe pour lui de se sentir vivre, et de venir là, sur la place publique, assister, au nom du roi, aux sommations faites par ses magistrats aux officiers de l'archevêque, à la lecture des mandements du suzerain, à l'expulsion des sergents établis gardiens des saisies, et aussi parfois à la délivrance des prisonniers !

Cette royauté du XIVe siècle est loin sans doute d'être arrivée à la puissance qu'elle aura sous Louis XI et sous Richelieu ; ce peuple, qui marche encore tenu en lisières par la royauté, est loin aussi d'avoir atteint la virilité qu'il acquerra en 89 ; mais royauté et peuple grandissent rapidement, la féodalité ne peut manquer d'être bientôt vaincue par ces deux puissances unies, devant lesquelles elle se retire déjà et verrouille les portes de ses donjons.

A. RIVIÈRE.

VOYAGE

A LA RECHERCHE DU PARADIS.

L'étrange voyage que l'on va lire date du commencement du IVe siècle. Nous l'avons traduit fidèlement, presque mot à mot, sur le texte même recueilli par saint Jérôme. La forme et le fond ont été scrupuleusement respectés. Cette légende des beaux siècles de la foi nous a semblé pleine de charme dans sa religieuse simplicité.

Aujourd'hui où la curiosité se porte vers les contrées de l'extrême Orient, où la Perse cherche à entrer régulièrement dans la société des peuples, où l'Inde fermente et s'agite jusqu'au sommet de ces deux péninsules, il est intéressant de comparer aux détails si nombreux, si vrais, si positifs que les voyageurs modernes nous apportent chaque jour de ces contrées pittoresques, les notions bizarres qu'en avaient nos pères. Au temps où la raison n'osait contrôler les éblouissements de l'imagination, l'Asie était la terre des merveilles et des monstres.

Pendant toute la période limbique de notre Moyen-âge, cet

antique continent sur lequel ont germé toutes les croyances humaines, passait pour recéler les prodiges de la vie et de la mort. Ses déserts réunissaient les magies compliquées des mythes les plus divers. C'était là que se trouvaient les richesses terrestres et divines ; là s'ouvraient chaque jour pour le monde les trésors dusoleil, là étaient les bouches de l'enfer et les portes du ciel.

Pour bien comprendre le récit de nos trois cénobites, il faut se rappeler la naïve cosmogonie qui l'a inspirée. A cette époque, la terre était aux yeux de nos pères une surface plane enserrée par une sorte de cloche à transparence cristalline ; cette cloche était l'enveloppe du ciel. La terre n'avait point pour eux de sœurs habitées dans l'espace, le soleil n'avait pas de frères échauffant et éclairant comme lui d'autres mondes. Étoiles et planètes étaient de simples ornements disposés en vue de notre humble domicile, dont la création et l'ameublement avaient occupé six jours du travail de Dieu.

On séparait l'univers d'alors en trois parts distinctes, mais juxtaposées par les bords. Dans la partie supérieure, Dieu régnait au milieu de la cour céleste taillée sur le modèle des cours de nos rois ; dans la partie intermédiaire, l'humanité, directement placée sous la surveillance d'en haut, luttait contre le génie du mal. Plus bas enfin, dans la troisième partie du monde connu, était l'enfer ou l'abîme habité par Lucifer et ses sinistres légions. Ainsi la terre se trouvait placée entre les éclairs annonçant les colères du ciel, et les éruptions volcaniques qui faisaient luire par avance les lueurs lugubres de l'éternel supplice aux yeux des peuples terrifiés.

Enfin, il y avait une telle connexité dans cette organisation trinaire du monde, que les habitants de chacune de ces localités pouvaient communiquer matériellement entre eux, malgré la diversité de leurs conformations.

ANTONY MÉRAY.

ICI COMMENCE LA VIE DU SERVITEUR DE DIEU, MACHAIRE, CITOYEN ROMAIN QUI FUT TROUVÉ AUPRÈS DU PARADIS.

Gloire et magnificence au Dieu unique et très-clément qui nous a conduits par des miracles sans nombre aux joies de la vie céleste. Nous, Theophilus, Sergius et Thimus, pauvres et humbles moines, nous vous prions tous, très-saints frères, d'ouvrir les oreilles à ce que nous allons vous raconter de la vie et de la conversation du très-saint Machaire de la ville de Rome, que nous rencontrâmes à vingt milles du paradis. Nous vous prions d'ajouter foi à nos paroles, car il nous eût été plus utile de rester sans pécher au port du silence que de nous rendre punissables du crime de fausseté.

Donc nous, les frères déjà nommés, Theophilus, Sergius et Thymus, renonçant au monde par la grâce de Dieu, vînmes à un monastère situé dans la Mésopotamie de Syrie, au milieu des deux fleuves l'Euphrate et le Tygre. Un homme illustre du nom d'Asclépion était le père d'un grand nombre de moines qui s'y trouvaient assemblés. Arrivés à ce couvent, nous fûmes gracieusement reçus par ledit père et par la réunion des frères. Pliant donc notre cou au joug de la règle, nous acceptâmes la vie de la communauté.

Longtemps après que ces choses furent accomplies, un jour que le soleil déclinait, c'était environ la neuvième heure, nous nous acheminons tous trois vers les rives de l'Euphrate, et, nous y étant assis, nous discutâmes quelque temps entre nous de l'abstinence, de la vie de silence et de travail des serviteurs de Dieu. A ce moment, une pensée me vint à l'esprit, à moi misérable Théophile. Je dis alors à mes frères Sergius et Thymus :

— Un désir me prend, ô frères bien-aimés, de partir de ce lieu et de marcher tous les jours de ma vie jusqu'à ce que j'atteigne l'endroit où le ciel se joint à la terre.

Ils me répondirent :

— Frère Théophile, nous t'avons toujours regardé comme notre frère aîné selon l'esprit, et jamais nous ne consentirons à nous séparer de toi. Or, tes paroles nous plaisent ; va donc où ton cœur te porte ; dans la vie et dans la mort nous serons toujours avec toi.

Et, nous levant tous trois, nous rentrâmes au monastère. Quand la nuit fut complète et que nous eûmes récité entièrement les prières de l'office du jour, nous sortîmes en secret du monastère où le reste de nos frères étaient endormis. Après dix-sept jours de marche, nous arrivâmes à Jérusalem, où nous fîmes nos adorations à la croix et à la résurrection de Jésus-Christ. De là nous vînmes à Bethléem pour y contempler la sainte crèche où le Christ a daigné naître et où l'étoile conduisit les mages qui lui portaient des présents. Nous visitâmes la place où l'ange chantait avec le chœur de l'armée céleste : Gloire à Dieu dans les lieux très-élevés. Cette place est située à deux milles de Bethléem. Nous nous rendîmes au mont des Olives et nous prosternâmes en adoration à l'endroit même où Jésus, s'élevant sur ses pieds, s'enleva sur une nue jusqu'à la demeure céleste. Enfin, revenant à Jérusalem, nous adorâmes Dieu, et après nous être recommandés au Christ et à ses saints, nous sortîmes de nouveau, ayant déjà détaché de ce siècle profane notre cœur et notre esprit.

Le cinquantième jour suivant, après avoir marché sans repos dans la compagnie de notre Sauveur, nous traversâmes le lit du Tygre, et, entrant sur la terre des Perses, nous vîmes la vaste plaine nommée Assia, dans laquelle on rapporte que saint Mercure, martyr du Christ, donna la mort à Julien l'apostat. Puis nous visitâmes l'antique Kitissefodum où reposent, loin de Babylone, les trois enfants Ananias, Azarias et Misahel. Dans ce lieu, après avoir adoré, nous prîmes quelque nourriture et un repos de plusieurs jours, en offrant des hymnes de louanges au Seigneur. De là nous mîmes quatre mois à traverser la Perse et à atteindre la terre de l'Inde, où, trouvant à l'entrée une maison complétement vide d'habitants, nous y séjournâmes deux jours. Mais, au troisième jour, un homme et une femme armés parurent et nous remplirent d'une grande terreur. Nous délibérions d'aller au-devant d'eux, quand ils nous aperçurent et, nous prenant pour des maraudeurs, ils retournèrent à grands pas au lieu d'où ils venaient. Ces gens ayant en peu de temps rassemblé les leurs, revinrent accompagnés de près de trois mille Éthiopiens qui entourèrent aussitôt la maison où nous étions en prières, et mirent le feu aux quatre coins, afin de nous y brûler vivants. Dans l'excès de notre terreur, nous eûmes recours à Jésus le sauveur de tous, et nous sortîmes au milieu d'eux. Alors ces forcenés, se consultant dans leur langage, essayèrent longtemps de se faire comprendre de nous; nous en faisions autant de notre côté; mais ne pouvant parvenir à nous entendre, ils se saisirent de nous et nous jetèrent dans une obscure prison. Nous nous assîmes dans les ténèbres et nul ne vint nous y apporter le pain et l'eau. Nous employâmes les longs jours de notre captivité à implorer avec larmes la miséricorde du souverain Créateur. Cependant les Éthiopiens s'étant de nouveau réunis, ouvrirent la prison, convaincus que nous étions morts de soif et de faim. Mais nous voyant en prières, ils nous firent sortir, et parlant bruyamment entre eux, ils nous chassèrent de leur pays à grands coups de branches d'arbres et de verges d'osier. Nous étions restés chez eux quatre-vingts jours sans nourriture, comme Dieu lui-même peut le témoigner.

Expulsés ainsi, nous fîmes de longues journées de marche du côté de l'Orient et arrivâmes dans un lieu admirable, dans une plaine resplendissante couverte d'arbres gigantesques et de fruits à saveur de miel. Alors, louant et glorifiant Dieu, nous nous restaurâmes enfin, mangeant à profusion les fruits les plus savoureux. Puis nous sortîmes de l'Inde pour entrer dans la terre des Chananéens dont l'aspect nous remplit d'étonnement. Ils habitaient avec leurs très-petites femmes dans les trous des rochers. Par la grâce du Christ, ils ne cherchèrent pas à nous nuire. Continuant donc notre chemin, nous mîmes cent dix jours à traverser leur pays et parvînmes ensuite au pays d'une nation appelée les Pygmées, *pichiti*. Les gens de cette nation, en effet, n'atteignent pas dans la hauteur de leur taille la mesure de plus d'une coudée. A notre vue, ils s'enfuirent avec effroi, et nous, après avoir loué Dieu de nous avoir délivrés de leurs mains, nous reprîmes notre course de chaque jour.

Après ces aventures, nous atteignîmes une chaîne de montagnes très-élevées et d'un aspect redoutable, au milieu desquelles ne pénètre jamais un rayon de soleil, où l'on ne voit pas un pied d'arbre ni un brin d'herbe. Nous rencontrâmes dans ce lieu des serpents innombrables, et des dragons, et des aspics, et des basilics, et des vipères, et des licornes, et des bubales, et beaucoup d'autres bêtes féroces, et nombre d'animaux venimeux dont la nature et les noms nous sont presque inconnus. Protégés par la droite de Dieu, nous passâmes au milieu de ces monstres sans en être atteints. Mais pendant vingt jours nous eûmes sans cesse les sifflements des dragons el des serpents dans les oreilles, au point que nous étions obligés de nous les boucher pour pouvoir les supporter.

Nous tombâmes ensuite dans un lieu terrible plein de roches très-escarpées dont les crêtes s'élevaient à une formidable hauteur et les pieds descendaient dans les abîmes. Impossible nous fut d'avancer pendant sept jours entiers ; le septième enfin, un cerf nous apparut et se mit à marcher devant nous. Nous levant alors, nous le suivîmes, bien que sur notre route se dressassent des rochers plus formidables que les premiers. Ce ne fut qu'à grand'peine, et après de grandes fatigues, que nous réussîmes à sortir de là pour entrer dans une vaste plaine dans laquelle paissaient une grande multitude d'éléphants, au milieu desquels nous passâmes sans fâcherie. Après cela, nous perdîmes toute trace de chemin. Nous implorâmes alors la miséricorde divine en pleurant, et aprés avoir erré hors de toute voie, sans trouver de nourriture pendant neuf jours entiers, nous gagnâmes enfin un large plateau qui abondait en toutes sortes d'excellents fruits. Cependant d'épaisses ténèbres remplissaient ces lieux étranges ; aucun rayon de lumière ne parvenait à percer les nuées sombres qui l'obscurcissaient. Plus troublés que jamais et remplis d'affliction, nous nous prosternâmes contre terre, implorant à grands cris notre Seigneur ; nous séjournâmes sept jours dans cet endroit sans manger ni boire, ni apercevoir la clarté du ciel. Le septième jour, Dieu, touché de notre misère et de la persistance de notre recours à lui, nous envoya une colombe qui vint à nous, et, volant autour de nos têtes en nous frappant avec force des pennes de ses ailes, elle semblait nous encourager à reprendre notre route. Voyant cela, nous rendîmes grâce à Dieu et reprîmes notre marche, précédés par le messager ailé qui nous conduisit à un très-grand monument sur lequel se lisait une inscription circulaire dont la vue nous remplit de joie. Nous remerçiâmes Dieu avec effusion. Voici le sens de cette inscription :

« Ce monument a été élevé par Alexandre fils de Philippe, empereur de Macédoine, au temps où il poursuivait Darius, roi des Perses. Que celui qui désire entrer dans cette région prenne à main gauche, car à main droite est une terre sans issue, pleine de rochers et de précipices. »

Entrant donc à main gauche, nous marchâmes longtemps. Or, après quarante jours de route, une puanteur horrible et intolérable s'éleva qui faillit nous faire mourir, si bien que déjà tombant la face contre terre, nous priions Dieu de recevoir nos âmes avec miséricorde. Quelque temps après, nous relevant de notre posture suppliante, nous aperçûmes un grand lac où se tenait une foule de serpents enflammés. De ce lac sortaient des clameurs; il nous semblait ouïr les gémissements et les cris de douleur d'un peuple innombrable, et du ciel une voix se fit entendre disant :

— Ce lieu est la place du jugement et des peines : c'est là que sont tourmentés ceux dont la bouche a nié le Christ.

Remplis d'une vive terreur à ces paroles et frappant nos poitrines avec larmes, nous quittâmes ce lac et nous vînmes entre deux montagnes très élevées au milieu desquelles nous apparut un géant de près de cent coudées lié et entouré dans tout son corps par des chaînes d'airain. De ces chaînes deux étaient fixées à l'une des montagnes et deux à l'autre, et tout autour de ce malheureux flamboyait un immense brasier; ses clameurs lamentables s'entendaient à la distance de près de quarante milles. Quand il nous aperçut, il s'écria en pleurant avec une voix retentissante qu'il était cruellement torturé par le feu. Voyant cela, nous nous prîmes à trembler; et couvrant nos faces, nous nous éloignâmes en toute hâte de ces montagnes. Nous parvînmes ensuite dans un autre lieu où se trouvait un insondable abîme et quantité de rochers. Là s'offrit à notre vue une femme échevelée dont le corps était entièrement entouré des replis d'un immense et terrible dragon; lorsqu'elle essayait d'ouvrir la bouche pour parler, l'immonde reptile y introduisait la tête et mordait la langue de la malheureuse. Les cheveux de cette femme descendaient jusqu'à terre. Pendant que nous la contemplions avec effroi, des voix lamentables crièrent tout-à-coup des profondeurs de l'abîme:

— Ayez pitié de nous, ô Christ fils du Dieu très-haut! ayez pitié de nous!

A ces mots, terriblement épouvantés, nous ployâmes les genoux en terre et fîmes cette prière en pleurant:

— O Seigneur, qui nous a tirés du néant, reçois nos âmes, car nos yeux ont vu sur cette terre la justice de tes châtiments.

Puis nous levant de notre posture pleins de tristesse, de crainte et de douleur, nous vînmes, dans un autre endroit où croissaient nombre de très grands arbres à apparence de figuiers. Dans leurs branches beaucoup d'oiseaux, semblables à des oiseaux de paradis, s'écriaient avec des voix humaines, disant:

— Épargnez-nous, Seigneur qui nous avez créés! épargnez-nous Dieu de miséricorde! car nous avons péché devant votre face sur toute la surface de la terre.

Nous-mêmes alors reprîmes notre prière en ces mots:

— O Dieu très miséricordieux! explique-nous ces miracles que nous voyons; car nous ignorons ce qu'ils sont.

Une voix d'en haut répondit:

— Il ne vous appartient pas de connaître les mystères que vous voyez; allez et poursuivez votre chemin.

Étant donc sortis de là, tout pleins d'épouvante, nous arrivâmes dans un lieu agréable et très-beau, dans lequel nous vîmes quatre hommes qui avaient des figures vénérables d'une si resplendissante beauté qu'il est impossible d'imaginer ou d'exprimer une semblable perfection; leurs têtes étaient ceintes de couronnes d'or merveilleusement ornées de diamants et de pierres précieuses; en leurs mains ils tenaient des palmes d'or, un feu terrible et très-grand brûlait devant eux; de plus, ils portaient des épées fort aiguës. Ce que voyant, nous nous écriâmes frappés d'une extrême frayeur, en leur parlant en ces termes :

— Seigneurs et serviteurs du Très-Haut, épargnez-nous et sauvez-nous des atteintes de ce feu et de ces épées !

Sur quoi ils se mirent à rire en disant :

— Ne craignez rien, allez ! suivez en sûreté la voie que le Seigneur vous a montrée. Dieu nous a placés dans ce lieu afin d'en garder le chemin jusqu'au jour où descendra celui qui doit venir juger la face de la terre.

Entendant les paroles de ces saints personnages et les ayant salués de loin, nous traversâmes cet endroit et poursuivîmes notre chemin pendant quarante jours sans prendre aucune nourriture et sans boire le moindre goutte d'eau. Tout à coup notre marche fut interrompue par les voix d'une foule innombrable qui chantaient des hymnes; une odeur aussi agréable que celle du baume le meilleur et le plus précieux vint jusqu'à nous, et notre bouche rafraîchie eut la sensation de rayons de miel d'une saveur exquise. Ces délices énivrantes, jointes à l'harmonie céleste de ces chants, nous plongèrent dans un profond sommeil.

Peu après, sortant de ce sommeil, nous vîmes devant nous une église magnifique et splendidement décorée; elle semblait construite en cristal; d'un autel très-riche placé au centre sortait une source dont l'eau avait la blanche couleur du lait. Autour de la façade, se tenaient des hommes saints qui chantaient de célestes cantiques avec des voix de chérubins. La vue de ces merveilles nous remplit de crainte. Cette église, du côté du midi, paraissait faite de pierres précieuses de topaze; sa partie septentrionale, au contraire, resplendissait d'un rouge de sang le plus pur, et du côté de l'occident elle avait l'éclat du lait et de la neige fraîchement tombée; enfin, au-dessus de son sommet, brillaient des étoiles plus étincelantes que les étoiles de la nuit. Dans ce lieu le soleil avait sept fois plus de lumière et de chaleur, les plantes et les arbres étaient plus élevés, les feuilles et les fruits plus nombreux et plus doux que ceux du reste du monde, et les oiseaux du ciel y chantaient mieux que les oiseaux de notre terre. Le sol lui-même avait là une double couleur, étant à la fois blanc comme la neige et rouge comme le rubis. Fortement étonnés de tout cela, après avoir adoré Dieu dans ce lieu même et salué ces saints hommes, nous sortîmes en tremblant et poursuivîmes notre chemin.

Nous marchâmes cent jours pleins, sans prendre aucune nourriture, comme Dieu peut le témoigner, nous contentant de nous rafraîchir fréquemment avec de l'eau. Tout à coup nous nous trouvâmes en présence d'une innombrable multitude d'hommes et de femmes dont la taille ne dépassait pas la hauteur d'une coudée; leur vue cependant nous remplit d'effroi. Alors moi, misérable Théophilus, je dis à mes frères Sergius et Thymus.

— Denouons nos cheveux et allons au devant de ces gens-là; peut-être prendront-ils la fuite et plaira-t-il au Seigneur de nous délivrer de leurs mains.

Cela leur sembla bon; ayant donc dénoué nos turbans et répandu nos cheveux, nous fîmes subitement irruption sur eux. Ces gens voyant cela saisirent leurs enfants et s'enfuirent tous en grinçant des dents. Après avoir loué Dieu de nous avoir ainsi délivrés, nous traversâmes le fleuve et trouvâmes des herbes blanches comme du lait et douces comme du miel, de la hauteur d'une coudée, dont ayant mangé abondamment nous rendîmes grâces au Créateur qui, non content de nous préserver de tant de périls, nous donnait la nourriture avec tant d'abondance et de bonté. Ensuite, ayant trouvé une superbe route, nous nous mîmes à chanter les louanges du Seigneur qui nous l'offrait. Or, après avoir suivi ce chemin pendant plusieurs jours, nous parvînmes à une belle grotte ; ayant donc corroboré nos membres du signe de la sainte croix, nous y entrâmes sans y rencontrer d'habitant. Cependant nous disions entre nous :

— Cette propreté annonce ici la main de l'homme , restons dans cette crypte jusqu'au soir, et nous verrons celui qui l'habite.

Cela dit, nous reposâmes nos membres fatigués environ une heure, et, sous l'influence d'une odeur exquise qui nous entoura tout à coup, nous nous endormîmes. Peu après, restaurés par ce court moment de sommeil, nous sortîmes de la grotte, et regardant du côté de l'orient, voici venir une figure humaine qui s'avançait vers nous : des cheveux plus blancs que le lait ou la neige semblaient voltiger dans l'air en recouvrant tout le corps de cet homme. Dès qu'il nous eut aperçus de loin, il se prosterna à terre, et se relevant, il se mit à nous acclamer en ces termes :

— Si vous êtes envoyés de Dieu, faites le signe de la sainte croix en vous approchant de moi; si vous venez de la part du diable, fuyez un serviteur de Dieu.

Ces paroles nous remplirent de joie.

— Bénissez-nous , père saint ! répondîmes-nous, et n'ayez pas de crainte; nous sommes aussi des serviteurs de Jésus-Christ, notre Sauveur. Nous avons également renoncé aux vanités du siècle, et nous nous sommes faits moines.

Entendant cela, il s'avança vers nous et pria longtemps les mains élevées vers le ciel; après quoi, écartant les cheveux de sa face, il nous bénit et nous parla. Or les poils de sa tête et de sa barbe étaient de la blancheur du lait; sa figure semblait une face d'ange; son corps se courbait comme un arbre planté dans le courant des eaux, et ses yeux, que de longs sourcils recouvraient, restaient demi-ouverts à cause de sa vieillesse. Les ongles de ses pieds et de ses mains étaient démesurés ; sa barbe et ses cheveux l'entouraient en entier, et sa peau ressemblait à une écaille de tortue. Il nous exhorta ainsi en pleurant :

— Mes frères bénis, d'où êtes-vous? d'où venez-vous ? dites-moi comment va le genre humain? Que devient la foi chrétienne? les Sarrazins et les hérétiques persécutent-ils encore le peuple du Christ?

A toutes ces interrogations, nous répondîmes par ordre, ajoutant les périls et les angoisses de notre route, et comment le désir et la volonté nous étaient venus d'aller jusqu'à l'endroit où le ciel se joint à la terre. A quoi il nous répondit :

— Mes fils bien-aimés, écoutez-moi; aucun homme dans un corps de chair ne peut franchir le lieu où nous sommes pour s'avancer vers le paradis. Moi, pauvre pécheur, j'ai fait de grands efforts, poussé par ce même désir, afin d'aller plus avant et de voir la fin de la terre et du pôle. Mais pendant la nuit, un ange m'apparut sous un visage humain, et me dit :

— Ne va pas plus avant, ne cherche pas à tenter le Seigneur.

Je lui répondis alors :

— Pourquoi, monseigneur, n'est-il pas permis de passer outre?

— De cet endroit, dit-il, il y a vingt milles jusqu'au paradis où Adam et Ève furent placés au milieu des délices. Or le ciel se joint à la terre sur la place de ce paradis, et Dieu a placé là un chérubin, armé d'une épée flamboyante, pour garder la limite de la vie. Cet ange, des pieds jusqu'au nombril, est semblable à un homme; sa poitrine est celle du lion, et sa main tient un glaive transparent comme le cristal, pour empêcher que nul ne s'approche du paradis.

— Après avoir entendu cette réponse de l'ange, je n'insistai plus et n'essayai plus d'avancer.

Donc moi, Théophilus et mes frères, mes compagnons de voyage, quand le saint homme eut parlé, nous saluâmes le serviteur de Dieu, et, nous prosternant, nous adorâmes le Seigneur. Le soir venu, le saint homme nous dit :

— Frères bien-aimés, sortez de ma cellule et attendez un peu; j'ai deux lions qui courent le jour et rentrent le soir; gardez qu'il ne vous arrive du mal s'ils venaient subitement à vous.

A peine étions-nous sortis pleins de crainte, que ces lions arrivèrent en rugissant. Alors le saint homme, posant ses mains sur eux et leur caressant le cou, leur dit :

— Chers enfants, trois bons frères fuyant le siècle sont venus vers nous; ne leur faites pas de mal.

— Puis, nous appelant, il nous dit :

— Mes frères, venez et ne craignez rien.

Nous revînmes alors en tremblant, et, après l'avoir salué, nous célébrâmes l'office du soir; puis nous prîmes place pour le repas, où nous mangeâmes en silence des glands et des racines et bûmes de l'eau. Le matin venu, nous dîmes au saint homme :

— Seigneur et père saint, nous prions votre béatitude de nous raconter sa vie et comment vous êtes venu en ce lieu, et de quel pays, et quel est votre nom? dites-le nous.

Alors le saint nous fit le récit suivant :

— Mes chers fils et frères bien-aimés, je m'appelle Machaire, je suis né dans la cité impériale, fils d'un citoyen romain de noble race et puissant dans cette grande ville. Quand je sortis de l'enfance, mon père, contre mon désir et ma volonté, me fiança à une épouse et fixa le jour de mes noces. On orna le lit nuptial, on invita une foule de gens; déjà la fiancée avec un visage joyeux était assise auprès de moi, et les conviés nous adressaient leurs souhaits. Or, pendant que l'attention de chacun était aux jeux et aux danses, je m'esquivai furtivement et me sauvai chez une veuve de notre connaissance, où je restai caché sept jours. Pendant ce temps, elle s'en allait chaque jour dans la maison de mon père, et revenait me rapporter toutes les recherches qui avaient lieu à mon sujet. Elle me disait que mon père, ne pouvant réussir à me trouver nulle part, pleurait amèrement ainsi que ma mère et toute ma famille. Le huitième jour, c'est-à-dire dans la nuit du dimanche, je saluai cette femme et sortis sur la voie publique. Là je vis un homme d'une blancheur vénérable qui semblait prêt à se mettre en chemin; aussitôt, en l'adorant, je lui dis :

— Où allez-vous, saint vieillard ?

Lui, se tournant vers moi avec une face joyeuse, me répondit :

— J'irai où tu voudras aller ; tous les chemins me sont connus.

Plein de courage à cette réponse, je suivis cet homme. D'abord nous entrâmes dans les maisons voisines afin de demander et de recevoir du pain pour notre route, et nous en obtînmes. Puis, après avoir marché plusieurs jours, nous parvînmes à ces défilés où cessent toutes les routes, par lesquels vous-mêmes dites être venus. Comme nous étions déjà à trente milles du lieu que voici, et que nous échangions divers propos en nous reposant, tout à coup mon compagnon disparut. Je tombai alors dans une grande inquiétude ; ne sachant plus que devenir, je me jetai à terre où je fondis en larmes : aussitôt mon compagnon reparut devant moi entouré d'une grande clarté et me dit :

— Ne te trouble pas ainsi, mon bien-aimé ; je suis l'ange Raphaël envoyé à ton secours par l'ordre du Très-Haut, afin de te conduire jusqu'ici. Le Seigneur a fait ta voie prospère, tu as traversé les lieux de ténèbres, les lieux de tortures et de peines ; tu es revenu à la lumière, tu as vu la source d'eau vive et la place assignée aux justes. Ne crains donc rien, mais lève-toi et reprends ton chemin.

Après ces paroles il disparut de nouveau. Quant à moi, ayant repris des forces, je me levai et poursuivis ma route. A quelque distance de moi, j'aperçus un onagre et l'ayant appelé, je lui dis :

— Je te salue au nom du Dieu qui t'a créé ; où est le chemin par lequel je dois marcher ?

Accourant aussitôt à mon appel, l'onagre me précéda dans un sentier creux et étroit. Je le suivis et fis ainsi, toujours marchant, la course de deux journées. Le troisième jour, s'offrit à notre vue un très-grand cerf dont l'aspect mit en fuite l'onagre effrayé ; je restai de nouveau seul et troublé de ne plus apercevoir de route. Alors, m'adressant au cerf, je lui dis :

— Puisque tu viens à mon secours, je te conjure, au nom de Dieu, de m'indiquer un sentier.

« A ma voix, le cerf vint comme si c'eût été un animal domestique; il entra dans un petit chemin fort étroit, se retournant constamment pour me regarder; de cette manière, nous cheminâmes trois jours ensemble. Le quatrième se présenta à nous un immense et terrible dragon étendu sur la voie. A sa vue, le cerf prit soudainement la fuite, pendant que, saisi de frayeur, je tombai la face contre terre. Cependant, reprenant confiance dans le Seigneur, je me relevai et me reconfortant du signe de la croix, je dis au dragon :

Crains la droite du Tout-Puissant et ne cherche pas à me nuire.

Alors, se dressant d'une façon terrible, le dragon me parla ainsi avec une voix humaine :

— Approche, ô homme béni de Dieu; n'est-tu pas Machaire, le serviteur du Très-Haut? Le saint ange Raphaël, m'expliquant ta figure, m'a ordonné de venir au devant de toi et de te conduire dans le lieu qui t'est préparé. C'est pourquoi je t'ai attendu ici quatre jours sans manger; mais cette nuit je t'ai vu assis dans une nuée resplendissante et j'ai entendu une voix d'en haut qui me disait : — Hâte-toi afin d'enlever Machaire, le serviteur de Dieu que voici, ainsi qu'il t'a été prédit.— Lève-toi donc et suis-moi sans rien craindre; je te montrerai où tu dois louer le Seigneur.

A ces mots, le dragon prit l'apparence d'un jeune homme, et nous vînmes ensemble jusqu'à cette grotte où, après être entré avec moi, il s'évanouit dans les airs. Alors moi, pauvre pécheur, je vis dans un coin de la crypte deux lionceaux dont la mère morte gisait près d'eux; la tirant hors de là, je l'ensevelis et glorifiai le Seigneur de toutes les merveilles qu'il avait faites en ma faveur et de sa protection qui m'avait délivré de tant de périls. Ensuite, cueillant des feuilles d'arbres, j'y couchai les lionceaux et pris soin d'eux comme de mes propres enfants. Déjà nous avions habité deux ans entiers ensemble, lorsque les ruses du diable, dont l'envieuse malice guette sans cesse les serviteurs de Dieu, vinrent m'assaillir jusque-là.

Un jour, vers la septième heure, j'étais sorti de la caverne ; or, comme je rentrais pour éviter les ardeurs du soleil, ma vue tomba sur un léger voile de femme très-gracieux à l'œil, qui se trouvait à terre devant moi. Réfléchissant en moi-même, je me demandais ce que signifiait un pareil voile au milieu du désert. Malheureux que je suis ! j'oubliais de me fortifier du signe de la croix, quand je savais que la moindre image de la très-sainte croix suffit pour rendre vaines les illusions de l'ennemi. J'étendis la main, je pris le voile et l'emportai dans la grotte. Un autre jour étant encore sorti, je trouvai à terre des chaussures de femme : ne me méfiant pas davantage des embûches du diable et oubliant encore le signe de la croix, j'emportai ces souliers et les mis auprès du voile. Une troisième fois enfin je rencontrai le diable sous la forme agréable d'une jeune femme revêtue d'habillements précieux. Moi, misérable, oubliant toujours les ruses de l'ennemi et ne me signant pas davantage, parce que je croyais en vérité que c'était réellement là une femme, je lui adressai la parole en ces termes :

— D'où venez-vous, et qui vous a conduit dans ce désert?

Cette jeune femme me répondit par des pleurs très-amers; alors moi misérable, je me mis à pleurer bien fort avec elle, vivement ému de compassion. Après quoi, elle me dit :

— O père très-saint, je suis la très-misérable fille d'un citoyen romain qui voulut me marier contre mon gré à un très-noble jeune homme de la ville de Rome. Or, quand vint le jour des noces, comme déjà le banquet et le lit nuptial étaient préparés, mon époux lui-même disparut. Cette fuite avait mis tout le monde en émoi ; pendant que les recherches que l'on faisait troublaient toutes les têtes, moi, pleine de joie, je m'échappai en secret, et la nuit même me mettant en route, sans guide pour m'indiquer ma voie, je parvins jusqu'ici à travers les périls, les montagnes et les vallées.

Je crus à la vérité de ces paroles, et supposant que c'était-là mon épouse, je la pris par la main et j'introduisis dans ma caverne cette malheureuse qui ne cessait de pleurer. Moi-même compatissant vivement à ses douleurs, je m'apitoyai sur elle et la fis asseoir à mes côtés et lui donnai des glands (dattes) à manger. Je ne comprenais toujours rien aux ruses du diable et ne me fortifiais nullement du signe de la croix, mais je demeurai longtemps à causer assis auprès d'elle. Alors le sommeil me saisit comme à la suite d'un rude travail, pendant qu'elle-même passait ses mains sur tous mes membres en me caressant (1), et mon sommeil devint encore plus lourd. Que dirai-je de plus, misérable que je suis? Moi qui jamais auparavant n'avais consenti à pécher avec une femme, je connus que, dans mon sommeil, j'avais accompli ce crime, car m'étant éveillé en sursaut, je me surpris découvert et couché à terre avec cette femme (2) qui disparut aussitôt. Dans mon malheur et comprenant trop tard les embûches du démon, je sortis à la hâte de ma grotte et frappant ma poitrine, je fondis en larmes.

Cependant les lions qui vivaient avec moi comprirent mon délit et s'enfuirent à ma vue. Or, quand je vis ces animaux eux-mêmes prendre la fuite à mon aspect, frappé de deuil et de désespoir, j'invoquai avec ardeur la miséricorde du Christ; je le priai de m'indiquer une pénitence et d'ordonner aux lions de revenir. Le Dieu très-clément qui voulait me conserver pour la pénitence fit sans délai revenir les lions, qui rentrèrent avec moi dans la grotte. Ces animaux se mirent ensuite à creuser avec leurs pattes un trou de la hauteur d'un homme; je compris cela, et entrant jusqu'au cou dans cette fosse, j'ordonnai aux lions de m'ensevelir dans cet endroit. Je demeurai ainsi trois ans enseveli dans ce tombeau, après lesquels une grande pluie étant survenue, la caverne se fendit au-dessus de ma tête et je revis la lumière. Alors, étendant les mains, je cueillis les herbes qui croissaient autour de moi et je mangeai. Les

(1) At illa manibus suis mea omnia membra mulcendo palpavit.

(2) Nam subitò expergefactus è somno, quasi cum feminâ discoopertum me in terrâ jacentem inveni : ipsa jam verò non apparuit.

trois ans étant écoulés, les lions revinrent; or, voyant la lumière autour de moi, ils se mirent à creuser la terre où ils m'avaient enseveli, et je sortis sain et sauf de mon corps, retrouvant en moi toute mon ancienne force.

Alors glorifiant Jésus-Christ, mon Seigneur, je sortis de la crypte et me jetai à genoux sur la terre, où je demeurai immobile quarante jours et quarante nuits, louant et priant Dieu et lui rendant grâces d'accorder tant de faveurs et de si grandes à nous autres misérables pécheurs. Ce temps accompli, je rentrai dans ma grotte dont les quatre angles resplendissaient d'une lumière céleste, et au milieu je vis notre Sauveur Jésus-Christ sous forme humaine, tenant en ses mains une verge d'or et chantant d'une voix mélodieuse une hymne admirable. Sa voix était véhémente et forte comme un chœur de mille hommes. Quand les accents du céleste cantique eurent cessé, j'entendis tout à coup de trois côtés résonner une autre voix qui disait : *Amen*, et dans l'éternité *Amen*. Au même moment, le Sauveur sorti de la caverne s'élevait dans les airs, et voici qu'une immense colonne de feu, semblable à une nuée très-épaisse, entra dans la grotte, et il se fit d'immenses éclairs accompagnés de tonnerres, et tous les oiseaux du ciel chantèrent en louant la sainteté de Dieu.

Voyant et entendant ces merveilles et fortement épouvanté par la grandeur de cette vision, je fus ravis en extase et tombai contre terre. Je restai huit jours en cet état, pendant lesquels je compris que le Sauveur du monde avait visité ma grotte pour la purifier. J'y rentrai alors et me mis à réparer ma négligence passée en louant et glorifiant Jésus notre Sauveur, qui m'avait soutenu avec tant de patience, en indiquant une pénitence à mon repentir et qui me recevait de nouveau dans sa miséricorde. Quand ces choses furent accomplies, j'étais resté sept ans dans ma grotte et j'avais atteint la quarantième année de mon âge. Maintenant, ô fils bien-aimés, vous savez toute la vérité sur ma vie; voyez donc s'il vous est possible de soutenir les ruses du malin esprit: en ce cas, demeurez avec moi; sinon, retournez à votre monastère, et que Dieu vous accompagne dans votre route.

Quand nous eûmes entendu ce récit du saint serviteur de Dieu, nous tombâmes à terre glorifiant le Seigneur, qui seul peut faire de telles merveilles, et nous parlâmes ainsi à ce saint serviteur du Christ, le bienheureux Machaire :

— O Machaire! père très-saint, priez pour nous le Seigneur, afin que nous puissions revenir à notre monastère pour faire entendre les merveilles de votre sainte vie à toutes les églises chrétiennes; car c'est dans ce but, croyons-nous, que Dieu nous a conduits auprès de vous.

Alors le vieillard versa longtemps sur nous les grâces de sa prière, puis il nous bénit, nous embrassa et nous recommanda au Christ, afin qu'il rendît notre chemin prospère. Ensuite il nous confia à ses lions, leur ordonnant de nous guider, jusqu'à ce que nous ayons traversé la région des ténèbres où nous fûmes plongés pendant sept jours et autant de nuits. Ainsi congédiés par le serviteur de Dieu, Machaire, nous parvînmes jusqu'au bâtiment construit par Alexandre. Là les lions, nous saluant, s'en retournèrent d'un pas rapide vers le saint homme.

Or, sous la protection du Christ, nous continuâmes notre chemin et arrivâmes dans le pays des Perses, au lieu admirable appelé Assia, où saint Mercure tua Julien l'apostat; puis nous vînmes à la cité de Kitissefodum, où reposent les trois enfants à quelque distance de Babylone. Enfin, traversant le fleuve du Tygre, nous fîmes le quinzième jour notre entrée à Jérusalem. Là nous visitâmes le saint sépulcre de Notre-Seigneur et tous les lieux saints, en priant et rendant grâces au Christ le Sauveur du monde de ce qu'il nous avait couverts de sa grâce à l'aller et au retour de notre voyage.

Après cela, nous regagnâmes d'une course rapide notre monastère et le jardin qui nous fournissait de légumes. Trouvant donc tous nos frères en paix, nous leur fîmes par ordre le récit des merveilles que nous avions vues et ouïes et des miséricordes dont Dieu nous avait comblés. Entendant cela, tous ensemble louaient et glorifiaient le Seigneur. Ils chantèrent un hymne au Père Tout-Puissant, au Fils, notre Rédempteur, à l'Esprit qui éclaire et vivifie nos âmes, lesquels sont trois personnes et s'appellent du nom d'un seul Dieu. Que ce Dieu soit béni, qu'il vive et règne maintenant et dans l'immortalité des siècles. *Amen.*

SAINT JÉROME (*Vitæ Patrum*).

BIBLIOTHÈQUE IMPÉRIALE

LES

DERNIERS MOTS DU THÉATRE

EN 1857

BIBLIOTHÈQUE IMPÉRIALE IMPR.

THÉATRE FRANÇAIS : Reprise de *Chatterton*. — Le *Fruit défendu*.
ODÉON : Le *Rocher de Sisyphe*. — Le *Tartuffe*.

Il s'est fait quelque bruit, ces temps passés, autour de la Comédie-Française à propos de la reprise de *Chatterton* ; mais quoique annoncée depuis longtemps et avec une certaine emphase, comme un événement littéraire et partant rare, cette résurrection n'a pas produit tout l'effet qu'on en attendait. Provoqué à se prononcer sur les mérites d'un drame qui avait passionné la jeunesse de 1835, le public de 1857 a répondu avec empressement à l'appel qui lui était adressé. Plein de déférence pour un talent justement consacré, il est venu en foule, il a écouté dans le recueillement et le silence qu'on doit à toute œuvre loyalement pensée et sérieusement écrite, mais il s'est retiré sans avoir manifesté autre chose qu'un respect tout à fait discret. Est-ce à dire que, depuis vingt ans, le goût se soit altéré en France, ou que les sentiments généreux ne trouvent plus chez les hommes de notre temps que de faibles échos? Nous croyons qu'il serait injuste d'attribuer à ces motifs la froideur du public; si cruelle qu'elle soit, cette froideur significative nous paraît raisonnable, d'autant mieux qu'elle n'a rien de blessant en soi pour l'esprit si distingué de M. Alfred de Vigny.

Quoiqu'on l'ait souvent dit, il faut le répéter : *Chatterton* n'est pas une pièce, à proprement parler; c'est un plaidoyer très-souvent éloquent pour une cause qui ne nous semble pas comporter tout le talent dépensé en sa faveur. Chatterton, que M. Alfred de Vigny a relevé des accusations peu honorables qui pèsent sur sa mémoire, se tue à dix-huit ans parce qu'il est pauvre, parce qu'il ne trouve pas à vendre ses vers, parce qu'il aime une femme retenue dans les liens du mariage, parce que ses rêves sont, à tout moment, heurtés, dérangés ou brisés par les réalités de la vie. Tout le drame est construit sur cette situation inférieure et fausse, et tout son intérêt réside particulièrement dans les conversations et les conseils d'un quaker très-juste et dans les monologues objurgatoires du jeune désespéré. L'amour de Kitty Bell lui-même n'apparaît en cette affaire que comme un épisode charmant, un prétexte à émotion, une concession aux exigences théâtrales.

Donc, à la vie qui est le devoir de l'homme, à l'action et à la lutte qui sont son honneur, Chatterton préfère la mort. C'est une faiblesse qui n'a rien d'admirable, et M. de Vigny, qui est un poëte profond à ses heures, l'a bien senti quand il a placé dans la bouche du quaker cette parole, qui est tout simplement la condamnation de Chatterton et de sa propre thèse : « En toi la rêverie continuelle a tué l'action. » Je ne sais pas si le suicide est un crime; je vois que c'est un droit que nulle législation ne saurait restreindre, et je considère que c'est, dans tous les cas, un malheur sur lequel on ne peut longtemps s'apitoyer. Mais il faut tout dire, l'éminent écrivain n'admire pas la détermination de son héros, il ne cherche même pas à l'excuser; il la comprend seulement et en rejette la responsabilité à la société qui ne garde pas aux rêveurs *le temps* et *le pain*. Les gens dont tous les besoins sont satisfaits, ceux qui composent véritablement cette société à laquelle s'adresse le reproche de M. de Vigny pensent, il est vrai, généralement, — ils le disent du moins, — que la misère est l'école du génie. Ce n'est pas tout-à-fait notre avis; mais si l'avenir, comme nous l'espérons, réserve aux esprits et aux infortunes dont M. de Vigny s'est fait le défenseur, une protection efficace et noble, nous ne pouvons voir qu'une inconséquence dans la protestation aussi irritante que vague de l'honorable écrivain. Il nous a toujours semblé inutile de montrer des plaies dont on ignore ou dont on ne cherche pas les moyens curatifs.

Les grands écrivains et les vrais artistes, tous ceux qui sont destinés à agir puissamment sur l'esprit humain, sont, avant tout, ainsi que l'a d'ailleurs parfaitement démontré M. de Vigny dans la préface de son drame imprimé, des hommes d'action et de volonté qui n'atteignent leur but sacré qu'au prix d'une lutte de tous les instants. Nous ne voulons pas aller jusqu'à dire que ceux-là seuls sont dignes d'intérêt et d'attention, mais nous affirmons qu'il n'est jamais opportun de donner publiquement une prime à la faiblesse et au découragement; nous n'y sommes que trop enclins.

Despair and die! C'est sous une forme aphoristique, la moralité résumée du drame de *Chatterton*. Elle est aussi fausse que dangereuse. Il ne faut ni désespérer, ni mourir; il faut travailler et vivre, et le premier devoir de l'écrivain qui a l'honneur de parler devant le public, est de choisir les exemples qui peuvent y encourager.

Que M. de Vigny jeune et riche, sans souci de la couronne comtale qui surmonte son blason, ait pris ou cru prendre devant la société, dont il était l'un des membres les plus intéressés, la défense des faibles; en principe, il n'y a là rien que de louable. Qu'en 1835, la jeunesse de son temps, amoureuse surtout de beau langage, et possédée d'idées un peu confuses sur la répartition des richesses, l'ait acclamé et suivi, cela encore est naturel et juste. Mais plus de vingt ans nous séparent de cette époque; nous avons grandi dans des épreuves qui ont « mûri les fronts, » et les idées parlent désormais une autre langue.

Nous en sommes bien fâché, mais le drame de *Chatterton* n'est pour nous qu'une série de déclamations stériles et vaines, et nous ne trouvons pas qu'il y ait lieu de s'étonner ou de se plaindre que le public de nos jours ne les comprenne plus et ne les aime point.

Si on le lui disait, M. de Vigny ne le croirait pas, et cela est cependant de toute vérité. A beaucoup d'égards, cette génération vaut mieux que la jeunesse de 1830; elle n'a pas les passions extérieures et turbulentes, l'enthousiasme spontané et l'espèce de sentimentalité nerveuse qui étaient le privilége de sa devancière; mais sa raison s'est fortifiée sous la main de l'expérience, et connaissant mieux la vie et ses douleurs, elle est devenue moins sensible aux entraînements irréfléchis. Ceci n'exclut pas de la préoccupation générale le sentiment et la sympathie; mais les esprits tirent naturellement d'une situation morale plus grave une teinte plus sérieuse. En contact journalier avec les problèmes les plus élevés, il faut autre chose que des rêveries creuses ou des révoltes puériles pour obtenir leur attention.

J'explique ainsi l'attitude réservée du public aux représentations de *Chatterton*, je répète que cette attitude ne peut blesser en rien l'auteur de ce drame; elle démontre seulement, une fois de plus, que la forme est inexorablement contemporaine de l'idée, et qu'on doit, pour être entendu, parler aux hommes le langage que réclame la transformation de leur pensé e.

La nouvelle distribution des rôles ne nous a pas paru de tous points heureuse. En conservant à M. Geffroy le personnage de Chatterton, que cet excellent comédien créait il y a vingt-trois ans, M. de Vigny a violé, à son insu, une des grandes lois de la scène : la vérité de la physionomie. C'est la faute du temps, et M. Geffroy n'y peut rien, mais son masque dur et vieilli de bonne heure, son organe âpre et sourd s'accommodent mal des dix-huit ans de Chatterton. Mme Plessy-Arnould, dans Kitty Bell, ne fait pas oublier Mme Dorval à ceux qui ont connu, dans ce rôle, cette grande comédienne, et elle est loin de satisfaire ceux qui recherchent, sans parti pris, la grâce sérieuse et chaste, un peu froide et austère, dont M. de Vigny a voulu parer la figure de son héroïne. Les rôles du second plan, celui du quaker, entre autres, avec M. Samson, laissent, au contraire, peu à désirer; ils sont étudiés et rendus avec la conscience et la fermeté qui sont de tradition à la Comédie-Française.

La verve comique que Molière, le premier à peu près, a introduite au théâtre, est intarissable en France. Elle s'égare, se dénature souvent, mais toujours, à quelque moment, désiré ou inattendu, elle reparaît et offre au public charmé une occasion de réjouissance et d'applaudissement. Nous ne voulons rien exagérer, mais le *Fruit défendu* est une preuve très-avouable de la persistance de l'esprit français. Ce n'est certainement pas une œuvre de haut style et de grande portée, mais c'est supérieur à la moyenne du théâtre contemporain et nous semble, en conséquence, mériter l'intérêt qu'on lui accorde : depuis plus d'un mois, le *Fruit défendu* alterne avec *Chatterton* sur l'affiche du Théâtre-Français.

L'action de cette pièce, si action il y a, n'est pas bien compliquée. Deux jeunes filles ont épousé avec résignation, et sans trop savoir pourquoi, des maris qui, oubliant de consulter les goûts de leurs femmes, prétendent vivre aux leurs. L'une qui aimerait Paris est reléguée à la campagne, l'autre qui se plairait aux champs est obligée de vivre au milieu du bruit et des fêtes de la ville. Le vide de cette double existence pourrait bien être rempli par l'amour d'un jeune cousin, si l'oncle de ces dames ne s'apercevait à temps du manége dangereux de son neveu, et n'y mettait ordre. Alors qu'elles étaient libres, ce neveu n'y voulait pas penser, depuis qu'elles ne le sont plus, il se sent pris d'une belle passion pour Claire et pour Marguerite et fait, à tour de rôle, la cour à toutes deux. Il reste bien à ce Chérubin moderne une troisième cousine à adorer, mais comme il le pourrait sans mal, il se garde d'y songer. En lui assurant qu'un obstacle éternel s'oppose à son mariage avec Jeanne, l'oncle Desrosiers parvient à fixer sur cette troisième et charmante nièce l'amour assez léger de son neveu, et..... on devine le reste.

Ce n'est rien, et encore, par bien des côtés, cela appartient-il au vieux et mauvais théâtre de convention; mais de ce rien M. Camille Doucet a su faire quelque chose d'enjoué, d'heureux et de souriant qui plaît à l'oreille et aux yeux. S'il n'est pas précisément un poëte et s'il n'a pas l'éloquence des maîtres, M. Camille Doucet est au moins un homme de goût qui manie avec aisance la langue de la bonne comédie. Il a emprunté, pour dire son vers facile, la voix de Mlles Delphine Fix, Edile Riquer et Emilie Dubois; on ne peut pas douter de son succès.

Tout, dans la vie, n'est certainement pas de hasard pur, et les hommes obéissent à des courants d'idées très-déterminés, qu'ils ne soupçonnent le plus souvent que lorsqu'ils y ont cédé. Cette réflexion nous est venue en écoutant le *Rocher de Sisyphe*, pour lequel l'Odéon s'ouvrait à deux battants et dans toute la pompe de ses plus somptueux décors, au moment même où le Théâtre-Français répétait *Chatterton*, cette longue tirade contre la société marâtre. Le *Rocher de Sisyphe* est la même chose, à un autre point de vue.

N'étant pas de ceux qui trouvent que tout va pour le mieux dans le meilleur des mondes possibles, nous sommes bien à l'aise pour faire la critique des déclamations excentriques ou juvéniles dont ce pauvre monde est parfois l'objet. Il y a à dire, mais il faut dire juste et frapper au bon endroit, tout est là. L'auteur du *Rocher de Sisyphe* a, selon nous, mal choisi le point à attaquer, et ce n'est pas le moindre défaut de son drame, renouvelé des temps romantiques.

M. le marquis Henri-René-Maximilien de Castelgontier a épousé une femme dont il avait été, préalablement, le troisième amant. Voilà l'idée première de la pièce de M. Edouard Didier, et voici l'histoire que l'auteur a imaginée pour en faire ressortir les conséquences et la moralité. Sa pécheresse, qui s'appelle Madeleine, est jeune, belle, intelligente, pleine de grâce et de cœur. Recueillie enfant, et élevée par un grand seigneur russe, elle est devenue sa maîtresse par reconnaissance. Un mauvais drôle du nom de Séchard, secrétaire du prince Traskine, l'a séduite en second lieu, en lui parlant le premier le langage de l'amour, et elle s'est enfin facilement abandonnée au marquis de Castelgontier qui l'a arrachée à une mort certaine, un jour, qu'abandonnée de Séchard, elle s'était, de désespoir, précipitée à la mer.

Madeleine et un bel enfant, né de son union accidentelle avec le marquis, sont, au second acte, réfugiés dans un vieux manoir, au fond de la Bourgogne. M. de Castelgontier, suivant les bons conseils de sa maîtresse, a rompu avec ses habitudes d'oisiveté ; il a fait deux parts de sa vie, l'une qu'il réserve à son amour, l'autre qu'il donne au travail : il fait son chemin dans la diplomatie. Mais la pauvre belle femme ne doit pas jouir de l'heureux avenir qui paraît lui être préparé ; elle va mourir, elle est condamnée sur les symptômes les plus alarmants et les plus significatifs de la phtysie, et, à son retour d'une assez longue absence, le marquis apprend qu'elle n'a plus que quelques jours à vivre. Il la supplie alors, dans l'intérêt de leur enfant, de consentir à un mariage auquel, jusqu'à présent, elle s'était elle-même refusée, et Madeleine accepte de mourir marquise. Mais la médecine s'est trompée, et la jeunesse et l'amour triomphent en même temps de la terrible maladie et de l'arrêt de la Faculté.

Nous sommes, quand s'ouvre le troisième acte, transportés dans un salon du haut monde. Les jeunes époux, revenus à Paris, doivent y paraître ; c'est là même que M. le marquis de Castelgontier, ministre nommé, doit, pour la première fois, présenter sa femme que nul encore ne connaît. Le hasard a réuni dans ce salon le prince Traskine et M. Séchard, et quand Madeleine, que le bonheur a rassurée, arrive belle et heureuse au bras de son mari, ce sont ses deux premiers amants qui la saluent les premiers. La fille d'un parfumeur ridicule devenue la femme de Séchard, se hâte de raconter dans leurs moindres détails les commencements de la jeune marquise, et ce monde qui, tout à l'heure, s'inclinait avec trop de respect devant le jeune couple, se relève et s'éloigne de lui avec des façons hautaines et assurément beaucoup trop méprisantes. Il faut ajouter que, de la bouche même de Séchard, on vient d'apprendre que la démission du nouveau ministre est acceptée. Le marquis pousse de grands cris de rage impuissante et se retire en maudissant la société et entraînant sa femme confondue et brisée.

Au quatrième acte, le trait d'union de ces deux âmes très-loyales et très-sympathiques au fond, n'existe plus ; l'enfant qui avait été la cause de leur alliance exceptionnelle est mort, et M. de Castelgontier dont la vie est manquée, l'avenir anéanti, qui ne voit plus devant lui de devoir direct à accomplir, est devenu soucieux, sombre et dur ; son cœur porte trop de deuils. Sa femme désarmée devant cette incurable douleur, souffre et pleure en silence, quand, pour surcroît de peine, la jalousie vient envenimer cette situation déplorable. Toujours conduit par le hasard, — cet utile ressort du mélodrame, — le prince Traskine a acheté une propriété contiguë au château du marquis et Séchard est devenu préfet du département. Cette bouffonnerie scandaleuse du sort exaspère M. de Castelgontier qui, se croyant trompé, veut profiter d'un incendie allumé chez lui par la malveillance d'un paysan, pour en finir avec son insupportable existence. Madeleine, qui a compris son désespoir et deviné son projet, vient prendre sa part de ce dernier sacrifice; aimante et fidèle jusqu'au bout, elle veut monter avec son mari sur ce bûcher improvisé. Le marquis, dans l'âme duquel l'amour rentre avec la confiance, voudrait fuir cette mort qu'il a cherchée ; il est trop tard, et les deux époux demeurent ensevelis sous les ruines fumantes de leur château.

J'ai passé des détails, mais voilà , exactement, la donnée et les diverses péripéties de ce drame qui dissimule, croyons-nous, sous son titre mythologique, l'enseignement qu'il a l'intention de donner. M. Edouard Didier blâme-t-il, en effet, M. de Castelgontier d'avoir épousé Madeleine, ou la société de n'avoir pas ratifié cette union ? On ne sait, les deux thèses étant développées et soutenues parallèlement et presque contradictoirement. Pourtant, au soin qu'il a pris de rendre sympathique et touchant le personnage de Madeleine, à la chaleur qu'il a mise dans sa protestation contre les rigueurs sociales, on peut préjuger, de sa part, une opinion favorable à son héroïne.

Certes, étant donnée la femme qu'il a peinte, — une exception, — on peut s'étonner de trouver le monde si rigoureux et si prude. Mais il faudrait être sûr d'abord, que les portes du monde sont irrévocablement fermées à une pareille femme, ce qui ne nous paraît pas démontré, et, d'un autre côté, si cette attitude du monde est exactement observée; s'il est certain qu'il est aussi sévère à l'endroit des péchés d'amour, nous nous demandons pourquoi l'on n'en tiendrait pas compte, et quelle nécessité il y a, même dans le cas particulier, à braver son opinion, à défier ses mépris, à affronter ses rigueurs. L'union illégitime, comme on dit, de Madeleine et du marquis de Castelgontier était toute poétique et charmante; nul ne s'en inquiétait, beaucoup l'auraient applaudie. Sa durée n'avait de bornes que la durée de leur amour réciproque ; elle pouvait être longue. Une consécration officielle, en la faisant malheureuse, l'a abrégée. L'intérêt, l'avenir d'un enfant, dira-t-on, la commandaient; mais aujourd'hui qu'on est surtout le fils de ses œuvres, bien plus que le fils de son père, cet argument est très-contestable.

La société, c'est-à-dire le milieu organisé auquel nous tenons tous par un côté quelconque, a peu de plaisirs réels et beaucoup de devoirs sérieux. En échange des vertus publiques ou privées qu'exige l'accomplissement de ces devoirs, le sens moral des peuples a créé une sorte de récompense qu'on appelle la considération; c'est le respect grave et froid de ce que, dans toutes les langues, on nomme une vie honnête.

En dehors, à côté de l'être collectif et en quelque façon officiel, vit un monde à part, qui ne reconnaît pas de devoirs réguliers et, tout entier, est acquis au plaisir. Il a sa récompense dans son existence même, dans les désirs qu'il excite, dans les passions vives et folles qu'il fomente, dans le luxe souvent extravagant dont il s'entoure, dans les vagues regrets qu'il fait naître parfois chez ceux-là qui vivent le plus loin de lui.

On peut préférer l'un ou l'autre de ces mondes, on peut même ne pas se prononcer entre eux, mais ils sont bien distincts; ce sont deux forces différentes, agissant chacune dans sa voie. Vouloir les confondre ne nous semble pas possible et vouloir, par surcroît, accorder au second ce que la vie la plus pure a souvent bien de la peine à conquérir chez le premier, nous paraîtrait souverainement injuste. Quant à la prétendue réhabilitation de la femme tombée qui fait le fond de cette querelle, déjà vieille; que ceux qui croient au péché en matière d'amour déclament à leur aise sur ce sujet; pour nous qui avons le respect de la passion partout où elle se montre, nous croyons qu'il n'y a pas là matière à discussion. Originairement la question a été mal posée, aussi en est-elle encore, et doit-elle fatalement rester au point où l'ont laissée les maîtres de l'art qui la plaidaient il y a trente ans.

Le *Rocher de Sisyphe*, n'est pas, du reste, une pièce sans mérite. Le dénoûment à part, qui serait à sa place au boulevard du Temple, on y trouve des situations très-dramatiques et très-vivantes, de l'imprévu, de la verve, et une chaleur de jeunesse très-rassurante pour l'avenir de l'auteur.

Nulle, mieux que mademoiselle Thuillier, ne pouvait tenir le rôle de Madeleine. Sa beauté un peu maladive s'y encadre à merveille; son jeu nerveux, ses poses pleines de grâce lassée, son extrême décence, et jusqu'à sa voix argentine et frêle conviennent tout à fait à cette personnalité souffrante et froissée.

M. Fechter, dans le marquis de Castelgontier, est toujours le comédien chaleureux et intelligent que chacun sait, parfois emphatique, en souvenir du boulevard, mais qui se remet vite au ton littéraire.

M. Tisserant, pour lequel il n'y a pas de petit rôle, joue un comte Christiern avec cette conscience sûre, cette dignité parfaite qui lui sont habituelles, et M. Clarence porte avec une merveilleuse distinction l'habit et le nom du prince Traskine.

Je m'en voudrais d'oublier dans cette énumération rapide

M. Barré, qui a fait du père Gniole le paysan retors, envieux et malveillant jusqu'au crime, dont la physionomie avait déjà tourmenté Balzac, une véritable création, un type complet d'une bouffonnerie aussi originale que terrible.

Il est un peu tard, sans doute, pour parler de l'essai malencontreux tenté sur Molière par M. Fechter, mais nous sommes à l'Odéon, rien ne nous presse d'en sortir, et nous ne voulons dire qu'un mot, tout au plus, sur la reprise du *Tartuffe*.

Comme tous les comédiens d'un vrai talent, M. Fechter a de hautes ambitions; les figurines effacées du théâtre contemporain ne lui suffisent pas, et les grands types créés par Molière le tentent. Soit; seulement M. Fechter a mal mesuré la distance qui sépare les jeunes rôles charmants mais éphémères dans lesquels il excelle, de ces personnalités synthétiques et profondes, sorties d'un jet, et pour vivre toujours, du génie merveilleux qui reste l'honneur de notre littérature. La route est difficile qui mène à ces sublimes sommets de l'art, et de longues études et de patients efforts sont nécessaires à qui veut y atteindre. Avec la confiance de la jeunesse, M. Fechter a cru pouvoir supprimer les âpres commencements, et il s'est élancé d'un bond, du vaudeville usuel à ce drame tout-puissant que les plus savants et les mieux doués n'abordent pas sans une secrète terreur. Il ne faut pas trop s'étonner que la tête lui ait tourné, — l'abîme était tout près, il y est tombé; c'était écrit. Nous ne voulons pas ajouter à sa déconvenue cruelle en lui reprochant, une fois de plus, l'irrévérence et la puérilité de sa mise en scène nouvelle. Un grand artiste peut jouer Tartuffe entre deux paravents; tous les accessoires du monde ne sauraient faire excuser une compréhension médiocre ou incomplète de la philosophie profonde cachée sous le masque de ce cuistre immortel.

Comme on le lui a dit plaisamment : le Molière et le Siraudin ne se jouent pas par la même embouchure. M. Fechter s'en est aperçu, — trop tard! voilà le mal. C'est une expérience à ne pas recommencer.

Peut-on aujourd'hui parler du théâtre sans que la pensée ne soit aussitôt attirée vers la perte récente et cruelle que vient de faire la scène française? Quoique prévue, la mort de Mlle Rachel a surpris tout le monde et saisi tous les cœurs de la plus douloureuse émotion; on avait bien entendu dire, que même conservée à ses amis, elle était à jamais perdue pour l'art; mais cet arrêt était-il sans appel? La jeunesse, les soins assidus, le doux climat de la Provence ne pouvaient-ils faire un miracle? L'espérance a, dans toutes les âmes, un coin mystérieux et inviolé! Hélas! tout a été inutile, et rien n'a pu arracher cette jeune victime à son fatal destin.

Mlle Rachel est morte, et c'est un des grands événements de ce temps. Avec elle, dans cette tombe prématurément ouverte, descend tout un monde de fictions chères que nous ne reverrons plus, et dont elle seule portait depuis vingt ans, avec une indomptable activité, la fortune et la gloire. Mlle Rachel n'est pas seulement, en effet, une artiste qui disparaît, c'est toute une forme de l'art qui s'en va. La tragédie française peut se voiler la tête; elle prend aujourd'hui un deuil qui sera éternel. On pourra apprendre, dire encore les vers de Corneille et de Racine, mais Phèdre, Hermione, Camille, c'est-à-dire la passion et la vie de ces œuvres, sont à jamais muettes. Et si, par hasard, ces grandes créations retrouvaient une âme à leur hauteur; si, par impossible, une parole humaine pouvait encore faire retentir l'air des accents qui nous ont si souvent émus et transportés, qui nous rendrait cette beauté fière, cette tête pâle et pensive, cet œil plein d'éclairs, et les nobles attitudes, et les grandes lignes sculpturales et savantes qui faisaient de l'illustre tragédienne une manifestation vivante et complète de l'art. La nature ne se répète pas, et la mort de Mlle Rachel est bien un malheur irréparable. Rien ne peut consoler de cette perte, pas même le vers de Ménandre tant cité à cette occasion; pas même cette pensée que Mlle Rachel, frappée en plein triomphe, à l'apogée de son talent, laissera dans l'histoire de l'art un nom rayonnant que ne terniront pas les lueurs douteuses de la vieillesse et de la décadence.

La voix manque devant ce cercueil à la critique la plus sévère, et la femme et l'artiste sont enveloppées dans le même regret. Quand on songe que de ce qui a été pendant un temps si long et si court à la fois, la gloire la plus chère et la plus pure du théâtre, il ne reste rien qu'un souvenir et une tombe dans le coin d'un cimetière banal, on ne peut que s'incliner, respectueux et triste.

J.-B. DONIS.

SCIENCES

DÉCOUVERTES ET INDUSTRIE

SOMMAIRE. — MÉCANIQUE. De la distribution unitaire du temps. L'horlogerie électrique; ses plus récentes applications. Projet de M. Paul Garnier pour donner à tous les établissements publics de Paris une heure uniforme. — PHYSIQUE. Recherches expérimentales et théoriques sur la combustion dans les foyers des locomotives. Loi d'après laquelle s'opère cette combustion. Renversement de cette loi au delà de certaines limites de vitesse. Formule générale donnant la quantité de chaleur perdue par la seule formation de l'oxyde de carbone dans un foyer quelconque. Tableau des pertes correspondantes suppor tées par les compagnies de chemins de fer, dans leur consommation de combustible. Idées générales sur les moyens pratiques capables de s'opposer à ces pertes. — PHYSIOLOGIE. Effets physiologiques dus à une forte commotion d'une pile hydro-électrique de deux mille couples. Recherches du Dr Leboucher sur les accidents qui en ont été la suite.

MÉCANIQUE.

HORLOGERIE ÉLECTRIQUE. — Charles-Quint est le premier horloger, à notre connaissance du moins, qui se soit occupé de résoudre le problème de la distribution unitaire du temps. Ce rêve, qu'il ne put réaliser, tenai autant de place dans son existence au monastère de Saint-Just que ses projets de monarchie universelle avant son abdication. Mécanicien de premier ordre, cet empereur, qui fut à la fois le plus intelligent et le plus poltron de tous, cherchait laborieusement, lorsque la mort le surprit, le moyen de tenir plusieurs horloges dans un accord parfait et constant : c'était une autre manière pour lui d'exercer son besoin d'unité.

On sait qu'il n'eut pas plus de succès en horlogerie qu'en politique : dans l'une et dans l'autre, trop de découvertes restaient encore à faire, auxquelles le génie d'un seul ne pouvait suppléer. Mais, sans pousser plus loin l'analogie que vient de nous fournir inopinément l'histoire, nous allons examiner rapidement à quel point se trouve aujourd'hui la question que se posait, dans sa cellule, le moine Charles-Quint.

Cette question, que la mécanique pure n'était point encore parvenue à résoudre, l'électricité lui a fait faire un pas immense depuis quelques années. L'horlogerie électrique est parvenue définitivement à multiplier à volonté les indications d'une même horloge, et à envoyer, dans autant de lieux et à quelque distance qu'on le désire, l'heure identique d'un point central.

La première idée de cette belle application appartient entièrement à M. Steinhell, célèbre physicien de Munich, qui, dès 1839, se servit de l'électricité pour rétablir l'accord de plusieurs pendules entre elles, soit à toutes les heures, soit à certains moments de la journée.

En 1840, MM. Bain et Wheastone proposèrent divers systèmes pour arriver au même but que Steinhell ; mais rien de réellement pratique ne sortit de leurs essais.

Trois obstacles principaux retardaient d'ailleurs le développement de la chronomètrie électrique : il fallait d'abord trouver le moyen de subordonner la circulation d'un courant à la marche d'une horloge primitive, sans qu'il pût en troubler la régularité ; en second lieu, disposer les appareil-horaires ou récepteurs de façon à ce qu'ils pussent marcher malgré tous les caprices de l'électricité de la pile, qui, on le sait, est loin d'être constante ; enfin, trouver une disposition de circuit qui permît à tous les appareils d'être indépendants les uns des autres.

Ce sont toutes ces difficultés qu'il appartenait à un de nos compatriotes, M. Paul Garnier, de résoudre. Au mois d'août 1847, cet habile constructeur présentait à l'Académie des sciences un système complet de son invention, fruit de deux années d'études.

Sans entrer dans les détails des progrès réalisés à cette époque et depuis lors par M. Garnier, nous dirons seulement qu'il parvint à vaincre les difficultés signalées plus haut, premièrement par l'emploi du rouage auxiliaire pour dispenser l'action électrique ; en second lieu, par des modifications qui permirent à la pile Daniel de fournir un usage d'un an, en ne sortant pas des limites de constance nécessaires ; enfin, par l'usage des dérivations pour la disposition des piles qui amènent le courant aux appareils.

Dans le système de M. Garnier, dès qu'on possède une horloge type, quelle qu'en soit la dimension, on peut envoyer l'heure à des cadrans de toutes grandeurs; car la résistance des aiguilles n'est qu'une question de force électrique dont la pendule type ne fait que distribuer l'action.

Grâce à d'aussi heureuses combinaisons, les ateliers de M. Garnier ont déjà fourni plus de 500 horloges actuellement en usage.

Depuis le mois de juillet 1849, la gare de Lille, sur le chemin de fer du Nord, est pourvue d'un système de vingt cadrans de toutes dimensions. La ligne de l'Ouest a un système analogue à chacune de ses stations de Paris à Rennes; la gare du chemin de fer de Lyon à Paris est réglée de cette façon, et elle envoie même l'heure jusqu'à la gare de Bercy, après un parcours de plusieurs kilomètres. Les gares de Versailles, rive droite et rive gauche; les stations du chemin de fer d'Auteuil; la gare de Bordeaux sur le chemin de fer du Midi; la maison impériale de Charenton; les gares de Fives, de Boulogne sur-Mer; l'hôtel du Louvre; les bureaux de la *Presse* et les halles centrales sont également réglés par le système électrique.

C'est aux halles centrales surtout que l'horlogerie électrique a rendu les plus grands services; car il eût été absolument impossible d'y installer l'horlogerie ordinaire, à cause du défaut d'espace pour les descentes de poids et pour le corps même de l'horloge.

Aujourd'hui, M. Garnier vient de présenter un projet qui l'emporte de beaucoup sur les applications précédentes, au point de vue du grandiose.

On sait qu'il n'existe pas à Paris, — qui possède pourtant un Observatoire, — de lieu facilement accessible où l'on puisse aller prendre l'heure vraie et officielle sur laquelle tous les services publics puissent être réglés.

Le plan pour l'exécution duquel M. Garnier est, depuis quelque temps déjà, en instance auprès du Conseil municipal de la capitale, consisterait à installer à l'Observatoire la pendule type, sa pile et les agents essentiels de transmission et de régularisation du mouvement Un fil de fer galvanisé, partant d'un des pôles de la pile et se rattachant de distance en distance aux édifices qui sont la propriété de la ville, relierait entre elles toutes les horloges et communiquerait avec la terre par sa seconde extrémité.

Par l'addition d'une pile de relais et d'un mécanisme déjà éprouvé dans plusieurs embarcadères, chaque horloge serait réglée par la pendule type. Simultanément les aiguilles de chaque horloge, devenues indépendantes du mécanisme actuel et obéissant à l'électricité, répéteraient exactement les indications du régulateur. Tous les rouages seraient conservés ains dans leur intégrité, de telle sorte qu'au besoin, et dans des circonstances imprévues, les horloges soient toujours en état de reprendre leur marche primitive.

Comme essai, M. Garnier propose de tendre un premier fil conducteur, de l'Observatoire à l'Hôtel de Ville, en touchant au Val-de-Grâce, à l'église Saint-Jacques du Haut-Pas, à la mairie du douzième arrondissement, au lycée Louis-le-Grand, à la Sorbonne, au collége de France, à l'église Saint-Séverin, au Palais de Justice, à la tour de l'Horloge, pour se rattacher enfin à l'Hôtel de Ville.

Les deux villes de Londres et de Gand sont déjà dotées d'un système analogue. Ainsi, dans cette dernière, et dans quelques autres villes de second ordre, l'heure est indiquée électriquement dans toutes les lanternes à gaz, par des cadrans dont les aiguilles avancent seulement toutes les minutes. A Londres, l'heure moyenne exacte est signalée à midi par la chute d'un ballon sur le dôme de l'Office des télégraphes, et l'horloge de Charing-Cross est mise en mouvement par le régulateur de l'observatoire de Greenwich.

Il est très-naturel que la ville de Paris ne se décide à adopter le plan de M. Paul Garnier que longtemps après les autres capitales : ne sommes-nous pas, en effet, le peuple initiateur par excellence?

PHYSIQUE.

Recherches expérimentales et théoriques sur la combustion dans les foyers des locomotives. — Depuis l'immense impulsion donnée à la grande industrie par les découvertes de James Watt, tout ce qui se rattache à la production de la chaleur est devenu d'une importance capitale pour la société moderne. Aussi la richesse d'une nation se mesure-t-elle aujourd'hui beaucoup moins à la quantité de métaux précieux qu'elle possède, qu'au nombre de tonnes de houille qu'elle extrait, chaque année, de son propre sol.

Or, la portion de cette houille, qui sert à alimenter les machines, est loin de fournir au travail de ces dernières toute la chaleur qu'elle renferme. Plusieurs causes de perte du calorique ont été reconnues et signalées par la science, au nombre desquelles vient concourir, dans une forte proportion, la formation dans les foyers d'un gaz particulier désigné par les chimistes sous le nom d'*oxyde de carbone*.

Ce gaz, qui est la première des combinaisons formées entre le carbone du combustible et l'oxygène de l'air atmosphérique, ne prend jamais naissance dans un foyer, sans qu'il n'en résulte un abaissement de température correspondant. Au contraire, toutes les fois que, sous l'influence de circonstances particulières, cet oxyde de carbone se transforme en acide carbonique, il survient une élévation de température d'autant plus favorable, qu'elle se produit sans aucune addition de combustible dans le foyer.

La question d'économie de combustible, — question vitale aussi bien pour les intérêts privés de l'industrie que pour ceux de la société tout entière, — repose donc en grande partie sur la double étude du phénomène de la production de l'*oxyde de carbone* et des moyens pratiques à employer pour transformer ce gaz en *acide carbonique*.

Parmi les types de machines sur lesquelles cette étude restait encore à faire, se trouvent au premier rang les locomotives, dont la construction diffère beaucoup, comme on le sait, de celle des machines fixes. Ebelmen avait commencé, il y a quelques années, une série de travaux sur cet important sujet : la mort prématurée de ce savant ne lui permit malheureusement pas de les poursuivre. Son collaborateur, M. Sauvage, ingénieur en chef du chemin de fer de Strasbourg, n'a publié, jusqu'à présent, qu'un petit nombre des résultats de ces recherches : on les trouvera dans la *Notice nécrologique d'Ebelmen*, au tome II de la 5e série des *Annales des mines* (1853). Leurs expériences avaient eu pour objet la combustion du coke, dont les compagnies sont obligées de faire usage sur les machines à voyageurs, à cause de la fumée produite par la houille.

Amené à reprendre moi-même, l'année dernière, cette étude si intéressante, je fis porter mes recherches de préférence sur la combustion de la houille. Non-seulement, en effet, ce côté de la question restait à éclairer tout entier, mais encore le seul fait d'arriver à substituer la houille au coke sur les locomotives à voyageurs, amènerait une notable économie dans les dépenses de traction sur nos chemins de fer.

Sans entrer dans les détails des expériences que M. Amigues et moi avons entreprises dans ce dessein, sur le chemin de fer de l'Ouest, entre Paris et Chartres, disons tout de suite que vingt-deux des flacons de gaz recueillis aux différentes vitesses de la locomotive ont été soumis à l'analyse chimique. M. de Luca, dont le nom est bien connu dans la science, dirigeait lui-même les analyses; elles ont révélé l'existence d'une loi très-nette et que l'on peut formuler comme il suit :

Une locomotive étant supposée se mouvoir sur un plan horizontal, et la hauteur de la couche de combustible restant constante, *la combustion sera d'autant plus parfaite que la vitesse du convoi sera plus grande*, pourvu, toutefois, que cette vitesse ne dépasse pas une certaine limite; au delà de laquelle *la loi se renverse exactement.*

Cette loi très-curieuse ressort du tableau des analyses obtenues. Ainsi, au repos, l'*acide carbonique* est représenté par 11, 25 pour cent parties de gaz en poids, et l'*oxyde de carbone* par 7, 24; à la vitesse de 10 kilomètres à l'heure, ces deux nombres deviennent respectivement 13, 65 et 4, 36; et ainsi de suite jusqu'à 50 kilomètres, qui, dans les conditions de notre expérience, paraissent avoir été la limite supérieure au delà de laquelle la loi se renverse. A cette vitesse, en effet, les deux nombres sont 17, 45 et 1, 80; tandis qu'à 60 kilomètres, ils deviennent 16, 95 et 2, 60, et qu'à 70 kilomètres, nous trouvons 15, 77 et 3, 05.

Quelque étonnant que paraisse tout d'abord ce renversement de loi, très-nettement accusé par l'analyse chimique, j'essaierai d'en donner une explication rationnelle. Lorsqu'une locomotive, en effet, atteint des vitesses supérieures, le courant d'air qui alimente la combustion passe avec une rapidité considérable et exerce sur la masse du combustible une pression proportionnelle. Il en résulte au milieu des couches en ignition, un véritable travail mécanique tendant à les désagréger : cet effet est constaté par la pratique d'une manière irréfutable. Or, une partie du combustible ainsi détaché se trouve à l'état de particules très-divisées qui ont une affinité chimique d'autant plus considérable pour l'acide carbonique déjà formé dans les couches inférieures. Cet acide carbonique enfin, venant de la sorte à se charger de nouveaux équivalents de carbone, retourne en partie à l'état d'*oxyde de carbone*, puisque ce dernier gaz possède un équivalent d'oxygène de moins que l'acide carbonique.

Ce qui vient corroborer ces vues théoriques, c'est que le même effet de renversement de loi a été accusé par l'analyse, toutes les fois que j'ai recueilli des gaz pendant que l'échappement était serré. Or on sait que dans ces circonstances de marche, le courant d'air de la combustion acquiert une vitesse considérable, sans que pour cela la locomotive marche plus vite.

En définitive, pour se conformer aux différentes conditions du parcours de ces sortes de machines, la loi posée plus haut devrait *rigoureusement* être formulée en fonction des vitesses du tirage et non de celles du convoi. Dès lors, tout appareil qui se proposera de brûler dans l'intérieur du foyer tout ou partie de l'oxyde de carbone qui y prend naissance, devra pouvoir se régler lui-même d'après les différentes pressions exercées par l'air, à son arrivée sur le combustible. Je reviendrai d'ailleurs sur ce sujet dans un second article, en donnant la description de l'appareil que j'ai imaginé moi-même dans ce but, appareil que l'on expérimente en ce moment au chemin de l'Ouest, sur la machine *Etna*.

De ces premières recherches, il importait avant tout, comme on le comprend, de faire ressortir le tableau des pertes de combustible résultant, pour les compagnies, de la seule formation de l'oxyde de carbone dans les locomotives. A cet effet j'ai d'abord cherché l'expression générale qui donne la quantité de chaleur perdue en vertu de cette formation, dans un foyer quelconque; puis j'ai appliqué à cette formule successivement chacun des cas particuliers fournis par l'analyse. Il en est résulté un tableau de vingt-deux pertes de chaleur, correspondant aux vingt-deux vitesses dont il a été parlé plus haut.

Le fait le plus intéressant pour les compagnies, parmi ceux que ce nouveau tableau met en lumière, est celui-ci : les trains de marchandises, dont la vitesse moyenne est de 25 kilomètres à l'heure, dépensent en pure perte, par la seule formation de l'oxyde de carbone, les 38 p. 100 du combustible employé.

D'après la loi énoncée, on comprend que cette perte augmentera ou diminuera, selon que la vitesse sera moindre ou plus grande.

Voici d'ailleurs, à cause des services qu'elle peut rendre aux ingénieurs, l'expression générale donnant la quantité de chaleur perdue. Chacun pourra l'appliquer suivant la nature du combustible et les nombres fournis à l'analyse. J'ai adopté pour calculer le coefficient numérique, les nombres trouvés par MM. Favre et Silbermann pour la puissance calorifique de l'oxyde de carbone et de l'acide carbonique. Ainsi, en appelant p et P les poids respectifs de ces deux gaz, contenus dans 100 parties de produits gazeux analysés, et α la consommation de carbone pendant l'unité de temps, on a :

$$\text{Quantité de chaleur perdue} = \frac{61677.\ p.\ \alpha}{7\,P + 11\,p}$$

Malgré leur aridité apparente, de tels travaux sont absolument indispensables à tous ceux qui s'occupent aujourd'hui de la grande question des économies de combustible. Ce problème, tel qu'il est posé, ne peut être résolu par une invention pure et simple : il ne faut rien de moins, pour y arriver, que la combinaison judicieuse et rationnelle de moyens rigoureusement scientifiques. Il faut surtout reléguer au second plan une préoccupation qui tient trop de place à cette heure dans l'esprit des inventeurs, celle de la fumivorité. Le jour où l'on brûlera les gaz dans les foyers, la fumée disparaîtra du même coup; d'ailleurs, tous ceux qui ont étudié cette question, savent qu'il y a incomparablement plus d'économie à transformer l'oxyde de carbone, qu'à brûler directement les produits de la distillation spontanée de la houille.

Sur les chemins de fer, il ne peut plus y avoir en cela le moindre doute aujourd'hui; toute la question revient à ceci : envoyer incessamment au milieu des gaz du foyer une quantité d'oxygène capable de brûler l'oxyde de carbone qui s'en dégage. Sur ces données, il est évident enfin que tout peut se ramener à une introduction d'air convenablement chauffé, et arrivant sous une pression suffisante.

Je donnerai bientôt dans un nouveau travail sur cette matière, le résultat de mes récentes expériences sur un mode de chauffage et d'injection de l'air, qui paraît devoir être facilement applicable aux locomotives actuelles.

PHYSIOLOGIE.

Accidents causés par l'électricité. — Dans son numéro du 1er janvier, le journal de la Société gallicane de médecine homœopathique contient un article très-remarquable de M. le docteur Leboucher, sur des effets physiologiques dus à une forte commotion d'une pile hydro-électrique de deux mille couples. Ce fut le 28 février 1843, durant la leçon de la Sorbonne, que M. Silbermann aîné, préparateur du cours de physique, fut, pour ainsi dire, foudroyé, pendant qu'il disposait tout pour répéter l'expérience de Davy sur la décomposition de la potasse par la pile. Sur le coup, la connaissance lui fut ravie et il ne put percevoir la première sensation reçue; mais lorsque le plus grand effet de la pile fut passé, il commença à reprendre conscience de son existence, sans se rendre compte ni du temps ni du lieu. Il lui sembla alors que tout son être était limité par la surface d'une sphère dont le diamètre ne dépassait pas quinze à vingt centimètres; les doigts des mains, ainsi que ses pieds, sa tête et tout le corps, bras et jambes, lui semblaient comprimés et proches les uns des autres, comme si le tout était réuni dans la poitrine. Au fur et à mesure qu'il se sentait davantage, cette sphère lui sembla augmenter de volume, et, lorsqu'elle lui parut de trente-cinq à quarante centimètres de diamètre, les sens revinrent un à un; il commença à voir un épais brouillard devant les yeux, puis il distingua quelques sons. Revenu encore un peu plus à lui, il se sentit pencher en arrière, et il allait tomber, lorsqu'il sentit une violente secousse, le choc de l'électricité par influence cessante. Toute étreinte, toute douleur vive cessa à l'instant, mais ce ne fut qu'un peu après, que ses mains crispées se relâchèrent. Il s'aperçut alors que dans chacune il avait trois fortes brûlures; la peau était profondément cautérisée à chacun de ces points; le patient estima que cette étreinte pouvait avoir duré vingt secondes.

M. Silbermann ne se ressentit de rien immédiatement; seulement pendant plusieurs jours son visage fut plus coloré qu'à l'ordinaire; il lui semblait aussi être plus léger dans sa marche, et plus animé que de coutume. Le 6 novembre suivant, c'est-à-dire huit mois plus tard, à la suite d'une affection morale ressentie quelques jours auparavant, il fut surpris, vers minuit, d'une attaque nerveuse très-violente, bientôt suivie d'une absence complète de lui-même, laquelle dura une quinzaine de jours. Depuis lors, ses nerfs sont devenus extrêmement sensibles aux effets de l'électricité.

Un autre effet naquit de la même cause : pendant la commotion il toucha la potasse caustique qui devait lui servir pour l'expérience, et les parties des doigts qui en furent empreints, d'abord cautérisées, se couvrirent de dartres. Celles-ci se dissipèrent d'elles-mêmes après quelques mois d'existence, mais jusqu'en 1854 elles lui revinrent régulièrement toutes les années, à la même époque, aux mêmes lieux, pour disparaître trois ou quatre mois plus tard. Depuis cette époque, elles ont affecté d'autres endroits de son corps pendant le même laps de temps, mais elles ne se localisent plus comme autrefois.

Après avoir discuté attentivement des phénomènes si nouveaux et si curieux tout ensemble, le docteur Leboucher se trouve amené presque involontairement à se poser cette question si grosse : *Quel est l'agent actif dans les médicaments?* Mais laissons le parler lui-même :

« Est-ce la matière divisée à l'infini et dont l'homœopathie n'emploie vraiment que des atomes? Est-ce un agent impondérable? On sait en effet que, chaque fois que la matière change de condition, il se dégage de l'électricité. Serait-ce cette électricité, dont les véhicules de l'homœopathie viendraient à se charger, qui leur communiquerait cette puissance remarquable et incontestable pour quiconque a bien voulu voir? je ne sais. Mais, sans prétendre élever une théorie, si l'on veut bien me permettre d'exposer ici un soupçon qui me tient depuis bien longtemps, je dirai seulement que, tous les corps contenant de l'électricité, il me paraît probable que celle-ci doit être modifiée en raison même de la nature et de la composition de l'excipient. Peut-être cette modification entraîne-t-elle alors les propriétés si variées que l'étude de la matière médicale et de la thérapeutique reconnaît dans les divers médicaments. »

Nous n'avons pas besoin de faire ressortir ce qu'un pareil point de vue a d'élevé. Bien que nous soyons, avant tout, esclave de la méthode scientifique dans son entière rigueur, nous reconnaissons à l'*hypothèse*, surtout lorsqu'elle est formulée de la sorte, le droit de se produire au grand jour. N'est-ce point à elle effectivement que l'esprit a dû ses conceptions les plus fécondes, et le genre humain la conquête matérielle du globe? Il est même, à cette heure, plus d'un savant officiel qui la caresse, loin de l'Institut et de ses collègues, dans le silence du carton posthume. Par malheur un trop petit nombre sait oser de son vivant, et bien des aperçus qui porteraient parmi nous les plus fécondes conséquences, sont condamnés à retourner à leur source. C'est surtout en chimie et en physiologie que l'on rencontre le plus ce respect humain, parmi des esprits d'ailleurs très-éclairés.

FÉLIX FOUCOU.

BIBLIOGRAPHIE

SOUVENIRS D'UN CHEF DE BUREAU ARABE (1)

Par M. F. Hugonnet.

Il y a un grand charme à lire un livre écrit simplement et loyalement comme celui qui porte ce titre; l'esprit y suit sans effort des pages pleines de largeur, de naturel et de fermeté; l'intelligence s'augmente sans travail pénible, en saisissant par leur côté vrai tant de choses neuves et intéressantes sur un sujet aussi fouillé déjà que l'est notre domaine d'Algérie. Depuis un quart de siècle, à peine, que la France possède ce splendide pays entouré de mer et de soleil, les in-

(1) Un vol. in-12, chez Michel Lévy frères.

vestigateurs de toute espèce : scientifiques, agricoles, industriels, etc., semblaient l'avoir examiné dans tous les sens; que pouvait-il encore rester à dire?

Il restait, nous le comprenons depuis que nous avons lu le livre de M. Hugonnet, à nous expliquer d'une manière impartiale les habitants de l'antique Mauritanie Césarienne ; nous avions à apprendre les modes actuels de la vie, chez ces races indigènes si longtemps séparées de la civilisation européenne. Cette séparation avait été pendant plusieurs siècles tellement complète qu'à l'époque de l'expédition de 1830, nos bibliothèques, fouillées par ordre du gouvernement, ne purent fournir aucune donnée sur les habitudes des populations étranges que l'on allait envahir. Les régences de l'Afrique septentrionale étaient aussi inconnues que les mystérieuses contrées qui forment l'impénétrable territoire du Soudan. Tous les renseignements sur les Maures remontaient aux Romains.

« Le général en chef, dit M. Hugonnet, se rappelant l'effet produit une première fois sur les Romains par les éléphants de Pyrrhus, et préoccupé de l'existence de nombreux dromadaires chez les Arabes, s'attendit à voir fondre sur son infanterie des escadrons de chameaux furieux; il crut, en conséquence, devoir prévenir ses troupes de ne point s'émouvoir de cette attaque lorsqu'elle se présenterait.»

Que penserait aujourd'hui le gouverneur général si on lui suggérait de se mettre en garde contre un pareil danger? On comprendra sans peine, après cela, quel entassement de préjugés saugrenus et de motifs de haine a dû se faire dans l'esprit de chaque peuple, jusqu'au jour où les deux rives de la Méditerranée se sont rapprochées pour les réunir. Certes, les premiers chocs de la conquête n'étaient pas faits pour dissiper tout d'abord de pareils fantômes. Pendant longtemps, les causeries de la tente et les livres des nouveaux débarqués durent refléter ces préjugés, augmentés des inévitables malentendus que l'ignorance réciproque multiplia dans les premières communications.

Il a fallu bien des années pour amener chacun à douter de la méchanceté absolue de ses adversaires; il a fallu d'autres mêlées que les mêlées de guerre pour faire naître un germe d'équité dans les âmes de deux peuples si différents de mœurs, de lois et de traditions; mais, enfin, le germe a levé; les rancunes se mitigent du côté de la tente, et les appréciations deviennent plus justes dans l'esprit des conquérants. Grâce à la facilité d'humeur de notre nation, grâce à des services sérieux rendus par nos soldats et nos colons : routes, moulins, barrages, puits artésiens, la connaissance est en train de se faire, des limites du grand désert aux rives de la Méditerranée. Assurément, les populations arabes, non-seulement celles chez lesquelles l'auteur a laissé une si noble trace de justice, mais toutes les tribus du Tell et les villages des oasis du Sahara apprendraient à estimer la France et à espérer en elle, si elles pouvaient lire, dans leurs réunions patriarcales, ces pages d'un cœur droit où leurs vertus natives viennent enfin contre-balancer leurs vices, trop exclusivement mis en saillie jusqu'à ce jour.

Dans ces récits piquants, d'une couleur vraie et tout pleins de senteurs africaines, M. Hugonnet explique les vieux possesseurs du sol de la Mauritanie, de manière à intéresser vivement en leur faveur. Il a vécu longuement au milieu d'eux, il s'est mêlé à leur débats intimes, il les a vus sous la tente, il a conduit leurs *gouns* brillants au devant de l'ennemi; partout son esprit calme et réfléchi a cherché à pénétrer les mobiles de ces cœurs si difficiles en apparence à se laisser deviner. Il est parvenu à lire la naïveté, la spontanéité sous le masque de ruse dont ils se couvrent; il a mis à son examen une persévérance bienveillante et attentive. Il est allé tenir de véritables lits de justice au milieu des tribus où couvaient des ferments de discorde, et sa sagacité tenace s'est rendue maîtresse de ces âmes fermées, au point que, lorsqu'il prenait une décision, indiquait une solution ou rendait un arrêt, les témoignages de l'assentiment général avaient presque toujours précédé les résultats de sa propre raison. Nul mieux que lui ne pouvait inaugurer cette psychologie d'une race redevenue originale à force d'avoir conservé les coutumes traditionnelles des premiers descendants du fils d'Agar.

Ce livre, fait de plein cœur, est non-seulement une belle œuvre; c'est une noble action. Nous voudrions en citer beaucoup pour faire passer dans l'esprit du lecteur les sentiments d'estime et d'amitié qu'il nous a inspirés pour son auteur; mais que choisir? Il y a tant de choses remarquables et attachantes! Nous avions noté pour cela plusieurs scènes de justice du bureau arabe qu'il commandait, plusieurs tableaux pittoresques rapidement tracés, des lieux où se passent quelques-uns de ses récits, de charmantes histoires de raccommodement, d'apaisement de griefs, obtenus par son influence. Le chapitre qu'il consacre à refuter l'opinion généralement adoptée sur l'annihilement et la condition servile des femmes musulmanes nous affriandait fortement. Quelle surprise ne serait-ce pas en effet, pour la plupart des Européens, d'apprendre que ces femmes sont plus libres dans leurs choix d'amour que les chrétiennes, qu'elles ont une âme reconnue, et qu'elles jouissent, non-seulement du gouvernement intérieur de la tente, mais d'une large influence sur la décision de la tribu!

Bien d'autres passages avaient sollicité notre envie de citer; mais à notre embarras de choisir est venue s'ajouter pour nous retenir cette réflexion : il est facile de se procurer ce petit volume, et nos amis auront tant de plaisir à le lire complétement que nous ne pouvons mieux faire que de les y renvoyer, après leur avoir donné seulement, comme échantillon, le trait qui suit :

« ... Pendant ces tournées dans les tribus, quand venait la nuit, après mon repas du soir, je faisais faire un grand feu près de ma tente, je faisais préparer une grande quantité de café et j'invitais tous les hommes un peu intelligents, les voyageurs du douar à passer la soirée avec mes cavaliers d'escorte.

« Au bout de quelque temps on connaissait mon habitude, et ces réunions se faisaient sans que je le demandasse : on y venait même de loin. Je feignais parfois d'avoir une grande envie de dormir, je me couchais dans ma tente en donnant tous les signes du sommeil; mais, en réalité, j'écoutais les conversations. Elles étaient très-variées et très-intéressantes; il y avait des chansons, des contes, des récits de voyage, mais surtout des observations sur les tribus voisines, sur les Européens des villes, leurs ridicules, etc. Ces nuits de bivouac, alors que tous les bruits s'entendent si bien, sont un de mes plus agréables souvenirs.

« Nul ne voudrait croire la finesse d'esprit, d'observation, le tact, l'habileté de narration de certains parleurs, tout à fait illettrés du reste.

« ... Dans ces causeries de nuit, il me revient d'avoir entendu un des assistants égayer son auditoire par une série d'observations on ne plus piquantes.

« Savez-vous, disait-il, quel est le sultan des roumi (chrétiens)? Eh bien! c'est la montre, c'est ce petit instrument que presque tous ont dans leur poche, qui les commande, les dirige. Qui de vous n'a vu, à la ville voisine, sur la fin du matin (vers dix heures), la plupart des officiers et employés du gouvernement se réunir sur la place? L'ami trouve son ami; on s'informe, on cause. Mais regardez les figures, elles sont toutes plus ou moins inquiètes; chacun tire sa montre et la regarde avec grande attention; enfin celle-ci commande; elle a fait connaître sa volonté, et chacun se retire. Voilà des gens qui se trouvaient bien ensemble, qui avaient des choses agréables à se dire; ils sont obligés de se séparer, la montre a commandé de manger; car c'est à ce moment-là, m'a-t-on dit, que les roumi mangent, qu'ils aient ou non appétit. Vous les reverrez encore, quelques instants après, se rechercher, se réunir, et puis se séparer encore au commandement de la montre, et cela plusieurs fois par jour. Dans leurs maisons même, la montre est le bey qui donne tous les ordres ; c'est elle qui prescrit de se coucher, même sans sommeil, de se lever, même quand on veut dormir. »

A. Méray.

ÉTUDES PRATIQUES SUR L'ART DE DESSÉCHER,

PAR M. CH. DE BRYAS.

On se rapelle avoir vu à l'Exposition universelle de 1855 un spécimen de drainage; les modestes tuyaux de terre étendus au fond de tranchées béantes attiraient l'attention publique autant que les grandes machines. C'était une heureuse idée, que d'avoir transporté dans notre capitale et au milieu des merveilles de l'industrie, cet exemple d'un procédé agricole, connu de l'antiquité sans doute, mais devenu réellement neuf par l'emploi des tuyaux de terre, et par l'esprit méthodique avec lequel on l'a de nouveau introduit dans la culture. Celui qui avait eu cette bonne idée, est M. le marquis de Bryas, propriétaire du domaine du Taillan, près de Bordeaux. Le mérite de cet agronome ne se borne pas au fait de l'exposition; le spécimen par lui produit était un échantillon du travail exécuté sur la terre du Taillan, contenant 284 hectares et comprenant des jardins maraîchers, des prairies, des terres, des vignes et des bois; non content d'avoir prêché d'exemple, il a entrepris une suite de voyages pour propager, et étudier au besoin, une méthode qui renferme des éléments considérables de prospérité pratique et privée; enfin, et malgré des travaux déjà si grands, il a publié une série de brochures sur l'agriculture « pour vulgariser les procédés susceptibles de faire rendre à la terre d'abondants produits, réaliser la promesse de l'Evangile, et moraliser les peuples en leur donnant l'exemple du désintéressement et de la fraternité, » ce sont ses paroles.

L'œuvre entreprise par M. de Bryas a été applaudie et récompensée : le jury international lui a accordé une médaille de 1re classe « pour les plans de grands travaux de drainage effectués dans des vignobles, et un zèle digne d'éloges pour la propagation du drainage. » Bien plus il a été élevé du rang de chevalier de la légion d'honneur à celui d'officier, « pour la vulgarisation et application nouvelle du drainage dans les départements du Midi. »

Nous venons de lire un volume dans lequel M. de Bryas a réuni toutes ses publications jusqu'à ce jour, les rapports, comptes rendus et articles de journaux auxquels ont donné lieu ses travaux, et une suite de ses impressions de voyage en Angleterre et en Autriche. Un plan d'ensemble de la terre du Taillan y est joint. Ce livre n'est pas un traité de drainage, l'auteur dit lui-même dans son introduction :

« Des cultivateurs en assez grand nombre m'ont écrit ou ont émis de-« vant moi le bienveillant regret que je n'eusse pas traité l'art d'assainir « et de dessécher les terrains humides et marécageux d'après mes pro-« pres inspirations, afin de mettre à la portée des campagnards un résumé « complet, logique et facile à comprendre. Je remercie mes lecteurs pour « ce que leurs demandes ont d'obligeant. Sur ce point de vue j'aurais « beaucoup de faits à signaler; mais j'ai dû me renfermer dans le cercle « de ma rédaction restreinte à l'étude pratique. » C'est donc un recueil de pièces, toutes en faveur du drainage. Quel éloge éloquent de sa méthode, que cette simple phrase : « Ma terre valait 700,000 francs, « je l'ai drainée en entier, et maintenant elle vaut 1,000,000 de francs. « Les fermages ont augmenté en proportion, mes fermiers sont enchantés « de leur marché... Le loyer de certaines portions de terre a été porté de « 60 francs à 170 francs. »

Nous appelons surtout l'attention publique sur les quelques pages intitulées *Conclusion*. L'auteur y fait un appel aux agronomes de tous les pays, les invitant à se partager l'exploration du monde pour y développer les meilleures méthodes agronomiques et aviser aux moyens de dessécher les terrains insalubres. Voilà une grande idée, inspirée par l'esprit d'unité. Il faut, pour la mettre à exécution, de l'argent, du travail et du dévouement. M. de Bryas offre son expérience et son temps; « il exprime le vœu qu'on lui réserve l'exploration de la Turquie et des Marais Pontins comme étant les points qui présentent le plus de difficultés et de dangers; » enfin il ouvre une souscription et s'inscrit pour 24,000 francs à verser en trois ans.

Voici qui justifie les plus hautes récompenses, et M. le marquis de Bryas se montre bien le fils de cette forte race dont toute l'énergie était consacrée à acquérir de l'honneur. Ses ancêtres ont été soldats, il se fait laboureur ; et il peut avec justice ajouter à ses parchemins de famille la liste des titres, récompenses et décorations que lui ont valu ses travaux personnels. Cette liste est longue, elle occupe presque deux pages du livre; toutefois l'auteur a la modestie d'expliquer que ce n'est pas pour se glorifier lui-même qu'il se pare ainsi, mais pour donner du poids et de l'autorité à ses conseils.

EM. L.

Pour les articles non signés,

CHARLES SAUVESTRE.

CHARLES SAUVESTRE, DIRECTEUR.

Paris. — Imprimerie WALDER, rue Bonaparte, 44.

www.ingramcontent.com/pod-product-compliance
Ingram Content Group UK Ltd.
Pitfield, Milton Keynes, MK11 3LW, UK
UKHW020252220726
13923UKWH00002B/905

9 782014 456721